Wolfgang Lambrecht

# Herr Bombelmann

mit Illustrationen von Filippo Spadaro

Michael Imhof Verlag

Illustrationen: Filippo Spadaro, www.karikaturist-filippo.de

**Wolfgang Lambrecht: Herr Bombelmann;**
**Michael Imhof Verlag, Petersberg, 2006**


Michael Imhof Verlag GmbH & Co. KG
Stettiner Straße 25
D-36100 Petersberg
Tel. 0661/2919166-0 · Fax 0661/2919166-9
www.imhof-verlag.com · info@imhof-verlag.de

Gestaltung und Reproduktion: Michael Imhof Verlag
Druck: Dardedze Hologrāfija, Riga

Printed in EU

**ISBN 978-3-86568-220-8**

# Inhalt


Wer mir geholfen hat … 4

Herr Bombelmann und das Riesenrad 6

Herr Bombelmann lernt kochen 18

Herr Bombelmann fliegt zum Mond 27

Herr Bombelmann macht Urlaub 37

Herr Bombelmann sucht die andere Straßenseite 47

Herr Bombelmann als Pilot 58

Herr Bombelmann und der Junge Benjamin 69

Herr Bombelmann und die kleine Hexe 79

Herr Bombelmann und Hubert, der Maulwurf 88

Herr Bombelmann und der Schatz am Regenbogen 97

Herr Bombelmann will Ski fahren 106

# Wer mir geholfen hat ...

Das ist Filippo Spadaro, der mich in einem Teil der tollen Bücher begleitet hat, um meine Erlebnisse im Bild festzuhalten. Das alles hat er mit Pinseln und Wasserfarben gemalt, mit seinen eigenen Händen. Auch die Farben hat er selbst gemischt. Kaum zu glauben, dass es wirklich Menschen gibt, die so schön zeichnen können, oder? Mehr Informationen zu ihm gibt es auf www.karikaturist-filippo.de.

Sebastian Schwarz sorgt immer wieder für schöne Musik, wie sie auf den Hörbüchern und der Musik-CD zu hören sind. Als Musiker erfindet er die Melodien, spielt die Instrumente dazu und singt sogar teilweise selbst. Mal sehen, was ihm im Laufe der Zeit noch so alles einfallen wird.

Mein „Vater“ Wolfgang Lambrecht sorgt mit seinen Ideen immer wieder für neue Geschichten und hat meine bisherigen Abenteuer aufgeschrieben. Er denkt sich aus, welche Dinge ich erlebe – was mir richtig gut gefällt. So wird es mir niemals langweilig. Ohne ihn würde es mich übrigens nicht geben.

Das bin ich, Herr Bombelmann. Ohne mich wäre niemand da gewesen, der all die tollen Dinge in diesem Buch erlebt hätte – und das wäre doch sehr schade. Ich hoffe, dass meine Erlebnisse gefallen und wünsche dabei viel Freude. Bis gleich.

# Herr Bombelmann und das Riesenrad

In der kleinen Ortschaft Poppelsdorf lebten nicht viele Menschen. Aber alle Menschen, die dort lebten, waren sehr unterschiedlich. Es gab große und kleine Leute, welche mit einem dicken Bauch und andere, bei denen man dachte, es seien Bohnenstangen. Dort, wo bei jenen der Bauch war, fehlte bei den Bohnenstangen fast alles. Wenn es dunkel war und von hinten Licht auf diese dünnen Bohnenstangen-Leute fiel, meinte man, der Lichtstrahl ginge durch sie durch. Manchmal musste man zweimal hingucken, um sie einmal zu sehen.

Es gab dort Leute mit dunklen Haaren, andere waren blond, wieder andere hatten weiße Haare. Mal waren die Haare lang und mal kurz und manche hatten gar keine. Bei diesen Leuten glänzte der Kopf immer ganz besonders. Es war, als würden sie sich die Glatze extra mit Speck einreiben. Das schimmerte so schön.
Es gab ungefähr hundert Menschen in Poppelsdorf. Und alle waren anders. Sie wohnten in 35 Häusern. In manchen Häusern wohnten fünf Leute, in manchen nur eine Person. Es gab eine Kirche mit einem Kirchturm, in dem die Glocken drin waren und auf dem ein Kreuz stand. Das war der allerhöchste Punkt in Poppelsdorf. Dann gab es noch eine Gaststätte. Dort trafen sich die Menschen manchmal, wenn sie durstig oder hungrig waren; oder einfach nur so, um sich zu treffen und sich nette Dinge zu erzählen. Und es gab auch einen Einkaufsladen. Der gehörte der sehr gemütlichen, pummeligen Frau Lieblich. Sie konnte eine schwere Kiste mit roten Äpfeln und eine mit gelben Bananen auf einmal tragen oder zwei Kästen mit Orangen-Limonade. In dem Kaufladen konnte man so ziemlich alles bekommen, was man brauchte. Es gab herrliche Radiergummis, die die Form von einem Fisch oder einer Katze oder einer Maus hatten. Außerdem noch

rote, grüne, gelbe und sonstige Gummibärchen in allen möglichen Farben. Richtig dicke Wollsocken und dünne Strümpfe für den Sommer, kleine und große Taschenlampen, die leckersten Sachen zu essen und zu trinken. Kurz gesagt, es gab eben fast alles, was man so benötigte.
Was aber jedem, der das erste Mal in Poppelsdorf war, sofort auffiel, war das kleine grüne Haus mit dem roten Dach. Die Fensterrahmen waren gelb und die Haustüre blau. Es war ein buntes und schönes Haus. Ein kleiner Zaun aus Holz war um den Garten mit dem Apfel-, dem Birn- und dem Pflaumenbaum gezogen. Man sah auf den ersten Blick, dass es sehr gemütlich sein musste. In diesem Haus wohnte nur eine Person. Für zwei wäre es wohl zu klein gewesen. Diese eine Person war ein netter Herr, der nicht besonders groß war, aber auch nicht besonders klein. Er war nicht dick, aber auch keine Bohnenstange. Er hatte eine runde Brille auf seiner Nase sitzen und immer einen Hut auf dem Kopf. Immer.
Das war ein lustiger Hut. Auf der einen Seite waren Zwerge aufgestickt, auf der anderen Seite eine Eisenbahn, vorne ein Kreis mit einem glücklichen, lachenden Gesicht und hinten war einfach nur eine Bommel angenäht. Ob dieser Mann nun dunkle Haare hatte oder blonde, weiße oder gar

keine – niemand konnte das sagen, denn er hatte ja immer den lustigen Hut auf dem Kopf.

Der Mann hatte einen sehr schwierigen Namen. Er hieß Srghezjs. Da diesen Namen niemand aussprechen konnte, übrigens nicht einmal er selbst, nannten ihn alle Herr Bombelmann.

Herr Bombelmann fuhr ein schönes, aber altes und immer sauberes Auto, das er nur aus seiner kleinen Garage holte, wenn er eine besondere Fahrt machen wollte. Er hatte keine Familie, deshalb wohnte er in seinem Haus ja auch alleine. Aber Herr Bombelmann war ein sehr guter Mensch. Er half, wo immer er helfen konnte. Er half den Kindern zum Beispiel beim Schlitten ziehen, den Erwachsenen, wenn sie ihr Auto anschieben mussten oder einem Maulwurf beim Buddeln, wenn er sich eingraben wollte. Herr Bombelmann war einfach herzensgut.

Eines Tages las er in der Zeitung, dass ein achtjähriger Junge in Geldlos, das war ein Dorf, das sehr arm war, sich zum Geburtstag etwas ganz Besonderes wünschte. Da es in Geldlos aber überhaupt nichts Besonderes gab, wusste der Junge nicht einmal, was er sich wünschen sollte.

Herr Bombelmann beschloss, zu helfen. Er überlegte und überlegte und überlegte – und endlich hatte er eine Idee. In Glückshausen, das war eine klitzekleine Stadt, in der es nur glückliche Menschen gab, war gerade Rummelplatz.

Er fuhr mit seinem schönen, aber alten und immer sauberen Auto nach Glückshausen. Dort parkte er ein und schlenderte mit seinem lustigen Hut auf dem Kopf zu dem Platz, auf dem der Rummel stattfand. Zuerst stand er vor dem Auto-Scooter. So ein Ding, das wäre etwas Besonderes! Der Junge wäre bestimmt das einzige Kind auf der ganzen Welt, das mit einem Auto-Scooter

3
SPADARO '07

überall hinfahren könnte. Natürlich wollte er erst probieren, wie das so war. Er kaufte sich an der Kasse einen Chip, das ist ein rundes Ding aus Plastik, das man in einen Schlitz in dem kleinen Auto stecken musste, damit es fuhr, suchte sich in der nächsten Pause ein solches Gefährt und wartete auf das Zeichen, um starten zu können. Es hupte aus den Lautsprechern und es ging los. Die Auto-Scooter um ihn herum begannen schon wie wild hin und her zu brausen. Herr Bombelmann wollte gerade losfahren, als er einen Stoß von hinten gegen sein kleines Auto bekam. Fast wäre sein lustiger Hut vom Kopf gerutscht, so heftig war das. Kurz darauf gab es einen Stoß auf der linken Seite, dann auf der rechten Seite, von vorne und von hinten und von überall. Er konnte gar nicht richtig fahren, weil er glaubte, jeder würde nur gegen ihn stoßen wollen. Das machte keinen Spaß und war viel zu gefährlich. Er war froh, als die Sache vorüber war. Nein, das war nichts für den kleinen Jungen aus Geldlos.

Er ging weiter und kam zum... Ja!!! Das war's. Er lief schnell zurück zu seinem schönen, aber alten und immer sauberen Auto und holte seine zwei Ferngläser aus dem Kofferraum. Damit ging er zum Riesenrad und machte gleich eine Probefahrt. Man stelle sich das einmal vor: ein eigenes

Riesenrad für den Jungen aus Geldlos. Damit würde er viel Spaß haben und gleichzeitig eine ganze Menge sehen. Die Leute würden vielleicht gucken. Ach was, gucken – glotzen würden die. Schnell ausprobieren. Er stieg in eine der Gondeln und setzte sich gemütlich und zufrieden hinein. Das Riesenrad setzte sich langsam in Bewegung. Ganz ruhig und sanft. Ja, das war gut.

Oben angekommen, sah er durch eines seiner Ferngläser. Es war ein ganz gewöhnliches Fernglas. Wenn er hineinsah, dann waren die Dinge, die ganz weit weg waren, ganz nah dran. Zumindest sah es so aus. Wenn er in die eine Richtung blickte, konnte er Afrika sehen, so hoch war das Riesenrad. In Afrika liefen gerade zwei riesige Elefanten über die Straße und schwenkten dabei ihren Rüssel. Die großen Ohren schwangen bei jedem Schritt gigantisch vor und zurück. Die weißen Stoßzähne aus Elfenbein waren blitzeblank. Es sah richtig toll aus. Neben der Straße lagen drei Löwen faul in der Sonne und gähnten. Und im Stamm der Wackanambas – das war eine Menschengruppe in Afrika – wurde irgendein Fest gefeiert. Sie tanzten und sprangen wie wild um ein Feuer herum, das unter einem großen Kessel brannte. Im Kessel saß ein Mann und badete wohl gerade in dem heißen Wasser. Schaute Herr Bombelmann in die andere Richtung, konnte er Amerika sehen. Dort tanzte Micky Maus auf dem Platz vor Disney World auf dem Rasen zwischen den Palmen. Es musste sehr warm sein in Amerika, denn die Menschen dort hatten kurze Hosen in grellen Farben an und karierte, bunte, kurzärmelige Hemden und T-Shirts. Herr Bombelmann drehte sich noch ein bisschen weiter und wollte in Poppelsdorf nach dem Rechten sehen, aber er konnte es nicht finden. Es waren die Berge davor. Er steckte also das normale Fernglas weg und nahm das andere aus der Tasche. Es war ein besonderes Fernglas. Ein Eckigagucki-Fernglas. Mit dem konnte er sogar um die Ecken und Berge sehen. Er stellte es an dem kleinen Rädchen zwischen den Gläsern ein und sah sich Poppelsdorf an. Vor dem Kaufmannsladen stand ein Lieferwagen und brachte frisches Gemüse, das Frau Lieblich sofort hineintrug, damit es frisch blieb. Sein kleines, buntes und gemütliches Haus fand er auch sofort. Dort war natürlich alles in Ordnung. Vor dem Haus spielten Kinder auf der Straße mit dem Ball Abwerfen.

Er steckte nun sein Eckigagucki-Fernglas ein und wusste, dass er ein Riesenrad kaufen würde. Er ging zu dem Mann vom Rummelplatz und redete mit ihm. Der Mann nickte. Herr Bombelmann holte seinen Geldbeutel aus der Hosentasche, bezahlte das Riesenrad und nahm es gleich mit. Am Auto stellte er fest, dass er es gar nicht in den Kofferraum bekam. Das hätte er sich doch auch denken können. In welches Auto würde man schon ein Riesenrad kriegen? Aber Herr Bombelmann war nicht dumm. Er brachte das Riesenrad zurück und vereinbarte, dass er es am nächsten Tag holen würde, um es über die Autobahn nach Geldlos zu fahren. So brachte er sein Auto nach Hause und kam am folgenden Tag mit einem Taxi wieder zurück. Er stieg in das Riesenrad und rollte schnurstracks zur Autobahn. Die Leute haben vielleicht geguckt. Nach sieben Kilometern waren schon vierundzwanzig Autos in den Graben gefahren, so erstaunt waren die. Das war ganz lustig. Aber nach ungefähr fünfzig Kilometern musste Herr Bombelmann unbedingt. Was? Naja, er musste halt mal. Und so von oben runter? Nein, das wollte er nicht tun. Plötzlich anhalten und aussteigen? Sehr schwierig! In

die Hose machen? Nein, das kam auch nicht in Frage. Das hatte er ja schon ewig nicht mehr gemacht. Nein, nein. Nur - dieses Ding sollte jetzt der Junge aus Geldlos kriegen? Damit würde er doch nicht glücklich werden! So fuhr Herr Bombelmann zurück zum Rummelplatz nach Glückshausen.

Dort waren die Leute sehr froh, endlich wieder ihr Riesenrad zu haben. Sie hatten es schon vermisst und spürten das erste Mal in ihrem Leben, was es hieß, nicht glücklich zu sein und alles zu besitzen. Sie fragten Herrn Bombelmann, weshalb er das Riesenrad weggeholt hatte. Er erzählte ihnen nun die Geschichte von dem Jungen in Geldlos, dass alle Menschen dort sich nichts leisten konnten und nichts hatten, dass der größte Wunsch des Jungen war, einmal etwas Besonderes zu haben und dass für den Jungen fast alles etwas Besonderes war. Denn er hatte ja nichts. Die Leute von Glückshausen hörten Herrn Bombelmann gespannt zu.

Als er seine Geschichte zu Ende erzählt hatte, wollten natürlich alle Menschen von Glückshausen helfen. Denn das größte Glück, so fanden sie, war es doch, andere glücklich zu machen. Sie alle fuhren, vorneweg natürlich Herr Bombelmann, nach Geldlos. Viele Dinge brachten sie mit: Fahrräder, mit denen die Kinder dort nicht fahren konnten, weil sie es nie gelernt hatten. Fernseher, in denen kein Film zu sehen war, weil es auf keinem Haus eine Antenne gab. Waschmaschinen, mit denen nicht gewaschen werden konnte, weil das Wasser noch aus einem Brunnen geholt werden musste und...und...und.

Die Stadt Geldlos gibt es heute nur noch als Geisterstadt und in Erzählungen, weil alle Menschen von dort nach und nach abgeholt wurden. Sie leben jetzt in verschiedenen Städten wie Hamburg, Frankfurt oder München. Sie kennen nun alles das, was jeder kennt und sind mal glücklich und mal weniger glücklich. Sie sind jetzt wie alle Menschen auf der Welt. Herr Bombelmann wusste, dass er hier wieder sehr vielen Menschen etwas Gutes getan hatte und war sehr froh darüber. Er dachte noch oft an diese Geschichte, wenn er in seinem kleinen bunten Haus im Schaukelstuhl saß und von vorne nach hinten und von hinten nach vorne schaukelte.

# Herr Bombelmann lernt kochen

Nicht immer hatte es Herr Bombelmann sehr leicht in seinem Leben. Als er groß war und anfing, alleine zu wohnen, musste er häufig hungrig zu Bett gehen. Wie oft knurrte ihm nachts der Magen. Er konnte nämlich nicht

kochen. Er ernährte sich nur von Brot, Obst und Haferflocken mit Milch. Natürlich ist das nicht schlecht. Aber jedes Kind weiß, dass der Mensch etwas Warmes braucht. Herr Bombelmann fühlte sich nach einiger Zeit nicht mehr wohl. Er war müde und schlapp. Der Arzt sagte ihm, er solle sich anders ernähren, sich etwas kochen. Also beschloss er, das zu lernen.

Als Erstes wollte Herr Bombelmann mit dem Leichtesten anfangen. Er kaufte sich einen Topf, füllte ihn mit Wasser, stellte das Ganze auf den Herd und die Kochplatte auf die stärkste Stufe. Es dauerte nicht lange, bis das Wasser sprudelte und dampfte. Herr Bombelmann war darüber so begeistert, dass er beide Arme nach oben riss und rief: „Hurra, ich kann kochen. Jippie!".

Er holte einen Teller aus dem Schrank, legte einen Löffel daneben, schöpfte mit der Kelle den Teller voll und setzte sich hin. Nun begann er, das heiße Wasser zu löffeln. Das schmeckte nicht und außerdem konnte er davon nicht satt werden. Irgendetwas machte er nicht richtig.

Da er niemandem erzählen wollte, dass er nicht kochen konnte, musste er wieder Brot und Haferflocken essen. Er machte sich Gedanken und grübelte, was wohl falsch gewesen sein könnte. Da kam ihm eine Idee.

Am nächsten Tag fuhr er mit seinem schönen, aber alten und immer sauberen Auto in die Stadt und kaufte sich ein Kochbuch. Anschließend ging

er in ein Geschäft für Lebensmittel. Er hörte, wie eine Frau zur anderen sagte: „Meine Kinder und mein Mann essen am liebsten weiche Eier. So etwa vier oder fünf Minuten gekocht."
Eier! Die konnte er bestimmt auch kochen. Er holte sich einen Zehnerpack und fuhr zurück. Im Topf war noch Wasser und so heizte er den Herd wieder an. Als das Wasser zu kochen begann, legte Herr Bombelmann drei Eier hinein. Denn er war sehr hungrig. Und drei Eier, die würde er wohl essen können. Er rechnete: „Wenn ein Ei nun fünf Minuten braucht, um weich zu werden, dann brauchen drei Eier drei mal fünf Minuten. Das ist doch klar!"
Er legte also die drei Eier ins Wasser und sah auf seine Uhr. Er stand fünfzehn Minuten direkt bei seinem Topf, damit nichts schief gehen konnte. Nachdem die Zeit vorüber war, nahm er die Eier aus dem Wasser.
Als er das erste Ei aufschlug, stellte er fest, dass es hart war wie ein Stein. Hatte er Steineier gekauft? Oder hatte er es noch nicht lange genug gekocht? Nachdem er es geschält hatte, wollte er es auch essen. Er meinte, es sei recht trocken. So trocken, dass es fast im Mund gestaubt hätte. Er musste unbedingt etwas dazu trinken, sonst hätte er das Ei nicht herunter bekommen.

Die anderen zwei Eier legte er wieder ins Wasser und kochte sie noch einmal fünfzehn Minuten. Das zweite Ei war genauso hart und trocken. Also legte er das letzte Ei auch noch einmal fünfzehn Minuten ins kochende Wasser. Irgendwann musste es doch weich werden.

Aber auch dieses Ei war hart und trocken.

Erst viel später hat er gehört, dass ein Ei hart wird, wenn man es lange kocht. Wird es dagegen nur kurz gekocht, bleibt es weich. Denn ein Ei ist roh schon sehr weich.

Nachdem er die drei Eier gegessen hatte, war er zwar satt, hatte aber einen mächtigen Durst bekommen. Klar, bei so vielen trockenen Eiern.

Morgen wollte er etwas Neues probieren. Aus seinem Kochbuch. „Bratkartoffeln mit Zwiebelsoße", stand dort.

Am nächsten Vormittag kaufte Herr Bombelmann einen Beutel von den größten Kartoffeln, die er finden konnte und ein Netz mit Zwiebeln. Dazu sollte es einen Salat geben.

Wieder zu Hause angekommen, machte er sich gleich an die Arbeit. „Die Kartoffeln und die Zwiebeln schälen“, stand im Buch. Herr Bombelmann suchte sich einen Spieß, steckte eine Kartoffel darauf, nahm ein Messer und begann, die Schale abzuschneiden. Dabei lief er immer um den Tisch und den Spieß herum.

Das ging zwar einigermaßen, war aber recht anstrengend. Es musste auch eine einfachere Lösung geben. Er hatte die Idee, dass er die Kartoffel in der Hand hielt und drehte. Dann konnte er beim

Schälen sitzen bleiben. Das ging und war bequem. Auch wenn die Kartoffeln so groß aussahen, geschält waren sie sehr klein. Davon konnte er wohl nicht satt werden. Also machte er den ganzen Beutel fertig.
Dann ging er an die Zwiebeln. Kaum hatte er die erste Haut abgezogen, brannten ihm die Augen und er musste weinen. Die Tränen kullerten über seine runden Wangen und tropften auf den Tisch. Im Kochbuch sah er dann, dass bei Zwiebeln ein Tipp stand: „Damit Zwiebeln nicht in den Augen beißen, bitte unter Wasser schälen!"
Herr Bombelmann ließ sich gleich eine Badewanne ein, legte zwei Zwiebeln ins Badewasser, nahm sein Messer mit und setzte sich dazu. Dann tauchte er unter Wasser und begann zu schälen. Stimmt, die Zwiebeln brannten ihm nicht mehr in den Augen. Aber er bekam keine Luft mehr. Beim Zwiebelschälen fast ertrunken! Nein, das war nichts. Lieber wollte er dabei weinen.
Der Rest klappte ganz gut. Das war seine erste selbstgekochte Mahlzeit. Den Salat hatte er vorher schon bearbeitet: gleich eine Schnecke entfernt und in den Garten gesetzt, die äußeren Blätter abgemacht und ein wenig Salatsoße aus dem Beutel dazu. Nur beim Essen knirschte es zwischen seinen Zähnen bei jedem Kauen: da war wohl Sand in den

Blättern. Herr Bombelmann sah im Kochbuch nach und dort stand: „Salat gründlich waschen." Er hatte den Salat überhaupt nicht gewaschen. Dies wollte er nun tun.

Er holte sich eine Handwaschbürste und Seife und schrubbte jedes Salatblatt einzeln ab, bevor er es in

die Schüssel gab. Soße darüber, fertig. Geschmeckt hat ihm dieser Salat nicht. Er schmeckte nach Seife. Und wenn Herr Bombelmann den Mund aufmachte, um eine weitere Gabel hineinzustecken, schäumte es und es kam immer eine Seifenblase heraus. Puuaah. Das war nichts. So ließ er den Salat in die Bio-Tonne sinken.

Die Kartoffeln mit Zwiebelsoße schmeckten ihm sehr gut. Heute ist es seine Kochspezialität.

Jeder, der ihn besucht, sollte davon probieren. Superlecker!
Am nächsten Tag wollte sich Herr Bombelmann noch in Pfannkuchen versuchen. Den Teig hatte er schnell fertig gerührt und in die Pfanne gegeben. Er nahm schon Form an und begann, gut zu duften.
Den Pfannkuchen musste man wenden. Am besten mit einem Schwung. Er sollte aus der Pfanne nach oben geworfen, gedreht und wieder aufgefangen werden. Das hatte Herr Bombelmann schon im Fernsehen gesehen.
Er nahm die Pfanne vom Herd und warf mit einem Schwung den Pfannkuchen nach oben. Der machte einen Salto nach dem anderen und flog hoch und höher. Plötzlich war er weg. Die Pfanne leer und kein Pfannkuchen mehr da. Dieser hing jetzt über dem Lampenschirm und kam nicht mehr runter. Er klebte dort fest.
Weil Herr Bombelmann aber hungrig war, wollte er erst essen und dann den Lampenschirm befreien. Also machte er sich wieder Teig in die Pfanne, wendete den Pfannkuchen diesmal mit einem Kuchenheber und brutzelte ihn von beiden Seiten. Er nahm ihn auf seinen Teller, setzte sich an den Tisch und aß genüsslich. Hmm, war der gut. Gerade, als er beim vierten Bissen war, rutschte der andere Pfannkuchen langsam von der Lampe

herunter und landete genau auf dem Teller. Glück gehabt! Der hätte auch auf dem Kopf landen können. So wurde Herr Bombelmann noch richtig satt.

Heute ist er einer der besten Köche, die es gibt. Alles, was er kocht, schmeckt supergut. Und er weiß: Aller Anfang ist schwer und es ist noch kein Meister vom Himmel gefallen; aber Pfannkuchen vom Lampenschirm.

# Herr Bombelmann fliegt zum Mond

Bereits als kleiner Junge hatte Herr Bombelmann davon geträumt, auf den Mond zu fliegen. Seit einem ganzen Jahr bereitete er sich jetzt darauf vor. Bald hatte er Urlaub und wollte starten.

Er hatte sich extra eine Rakete gebaut. Das war sehr aufwändig und ging so vor sich: Zuerst hatte er sie geplant, wieder ausradiert, noch einmal gezeichnet und irgendwann sah sie so aus, wie er sie wollte. Das Blatt riss er aus seinem großen Zeichenblock heraus und machte es mit Reißzwecken an der Wand fest.

Viele Kartons hatte er sich besorgt. Große, kleine, dicke und dünne, hohe und nicht so hohe. Aber zwei Stück, die waren ganz hoch, höher als ein Auto. So hoch, dass er darin stehen konnte. Sie sollten den Körper der Rakete bilden.

So verschieden die Kartons auch waren, eines hatten sie alle gemeinsam: sie waren sehr stabil und unempfindlich gegen Wärme und Kälte. Das mussten sie nämlich auch sein, weil es ein sehr langer Flug werden würde und es nachts viel kälter war als am Tag. Außerdem: wenn er sich verfliegen würde und zu nahe an die Sonne kam, konnte es sehr heiß werden.

Herr Bombelmann sah auf seine Zeichnung. Dann machte er auf die großen Kartons Striche mit einem Bleistift. Er überprüfte mit einem Maßband die Abstände, radierte und verbesserte, bis alles stimmte. Er nahm ein sehr scharfes Messer, so scharf wie eine Rasierklinge, und schnitt vorsichtig und langsam an den Strichen entlang. Die ausgeschnittenen Teile legte er auf die Seite, den Rest warf er in das Altpapier. Als er alles ausgeschnitten hatte, musste er mit einem speziellen Weltraumkleber die Teile zusammenfügen. Den durfte er nicht zu dünn und nicht zu dick auftragen. Das war sehr schwierig. Alles, was er zusammengeklebt hatte, musste nun zwei Tage und zwei Nächte stehen bleiben und trocknen, bis es richtig hart war.
Der Raketenkörper war fertig. Es fehlten noch die Spitze und der Boden. Die Spitze war nicht so einfach. Herr Bombelmann brauchte viele Versuche, bis sie passte. Auch diese wurde mit dem Weltraumkleber festgemacht.
Bevor er den Boden an der Rakete anbringen konnte, wollte er erst noch einen Stuhl und verschiedene andere Dinge in die Rakete bringen. Zum Beispiel eine Getränkeflaschenhalterung, damit seine Flasche Mineralwasser nicht umkippte, wenn er eine Kurve flog. Ein Telefon,

damit er mit der Erde telefonieren konnte, um zu erzählen, was auf dem Mond so alles los war. Ein Radio, damit er den Wetterbericht hören konnte, wenn er zurückflog. Einen Fallschirm, falls es ein Problem gab und er abspringen musste. Und natürlich sein Fernglas, damit er die Erde nicht aus den Augen verlor.

Außerdem gab es noch einige andere Dinge, die er brauchte. Nachdem alles verstaut war, bastelte er den Boden der Rakete. Das ging schneller als die Spitze. Der Boden passte sofort und wurde ebenfalls festgeklebt. Als auch das getrocknet war, schnitt er eine Klapptüre in die Wand der Rakete, damit er ein- und aussteigen konnte.

Nun brauchte er rundherum noch Fenster. Die wollte er nicht aus Glas machen, damit sie nicht zu Scherben wurden, falls eine der Sternschnuppen dagegen fallen würde. Er nahm besonders feste Folie, die er gut spannte.

Den Motor bildete ein übergroßer, ultraschneller Propellerventilator, der vier verschiedene Geschwindigkeiten hatte. Zum Start brauchte er den Superprop, zum Fliegen den Düsengang, zum Landen den Rückwärtsschubgang und am

Himmel reichte der Normalgang zum Gleiten. Den Strom machte sich dieser Propeller selber, wenn er sich drehte. Dann lud er sich auf. So war sicher, dass Herr Bombelmann nicht an einer Weltraumtankstelle halten musste, um aufzufüllen. Die fertige Rakete stellte er bis zum Abflug in der Garage ab.

Endlich war es soweit. Der Wetterbericht sagte bestes Wetter mit guter Fernsicht voraus. Morgen sollte es losgehen. Herr Bombelmann legte sich vor dem zu Bett gehen schon seine wichtigsten Sachen zurecht: Seine Weltraumstiefel, sein Astronautentaschenmesser, falls er sich auf dem Flug eine Apfelsine schälen wollte, seinen speziellen Raketenanzug und seine Motorradbrille, um die Augen zu schützen.

Als er ausgeschlafen hatte, war er sehr nervös. Das erste Mal in seinem Leben flog er jetzt zum Mond. Niemandem hatte er davon erzählt. Es war sein Geheimnis geblieben. Er konnte kaum etwas frühstücken, denn er glaubte, einen Kloß im Hals zu haben. Seine Tasse Milch durfte er nicht so voll machen, da er sonst mit seiner zittrigen Hand bestimmt etwas verschüttet hätte.

Er ging in die Garage und rollte die Rakete heraus. Seine Nachbarn sahen, wie er hineinstieg und staunten nicht schlecht. Herr Bombelmann hatte seinen Pilotenplatz eingenommen, sich mit dem Sicherheitsgurt angeschnallt und drückte nun den Starterknopf. Der übergroße, ultraschnelle Propellerventilator startete mit einem Riesengetöse. Die Bäume bogen sich vor lauter Wind, die Zeitungen flogen aus den Briefkästen und wurden über die Straße geweht, auf der anderen Seite verlor ein Mann seinen Hut und musste ihm nachlaufen und bei den Nachbarn, die vor Neugier ihr Fenster geöffnet hatten, wehte es die Briefmarkensammlung vom Tisch. Herr Bombelmann legte den Superpropgang ein. Die Rakete stieg langsam auf und wurde immer schneller. Man hörte schon gar nichts mehr vom Propellerventilator, als sie in den Wolken verschwand. Herr Bombelmann sah aus dem Fenster. Die Häuser und Menschen auf der Erde wurden kleiner und kleiner und waren kaum noch zu sehen.

In den Wolken erschreckten sich zwei Regensammler, die dort wohnten. Regensammler tragen in viel Kleinarbeit einzelne Wassertropfen zusammen und sammeln sie in einer Wolke. Je mehr sie gesammelt haben, desto mehr können sie auf die Erde schütten. Bevor sie sahen, was an ihnen vorbeizog, war es schon wie-

der weg. Sie spürten nur den Luftzug und hörten ein „ROOAAR".

Als Herr Bombelmann aus den Wolken auf der anderen Seite herauskam, versuchten vier Adler mit ihm um die Wette zu fliegen. Aber so schnell wie seine Rakete konnte kein Vogel sein.

Vor Herrn Bombelmann lag ein weites, unendliches Blau, in das er jetzt hineinflog. Immer höher. Hier oben war nichts mehr außer Himmel. Man konnte Kurven fliegen und Kreise, einen Überschlag oder gerade nach oben, egal wie und wohin, man stieß nirgends dagegen.

Jetzt hatte Herr Bombelmann Appetit bekommen. Als Astronautenessen, so hatte er gelesen, eigneten sich am besten Obst, Salate und Gemüse. Die waren nicht so schwer und dafür sehr gesund. Er nahm sein Astronautentaschenmesser aus der Hose und schnipselte sich eine Mohrrübe, einen Rettich und ein paar Salatblätter. Zum Nachtisch schälte er sich eine besonders saftige Apfelsine.

Er flog schon sehr lange. Endlich wurde es dunkel, bald musste der Mond vor ihm auftauchen und so bereitete er alles für die Landung vor. Die ersten Sterne waren zu sehen. Sie glitzerten und blitzten viel heller als es von der Erde aus schien. Er war froh, seine Motorradbrille mitgenommen

zu haben, denn sonst wäre er sehr geblendet worden und hätte vielleicht den Mond nicht gesehen. Aber jetzt, da. Da war er, der Mond.

Herr Bombelmann erschrak. Daran hatte er nicht gedacht: Der Mond war zur Zeit nur eine kleine

Sichel. Wie sollte er denn hier landen. Dazu war es zu eng. Wenn er es versuchte, würde er bestimmt auf einer Seite herunterfallen.

Nur gut, dass er genug zu essen und zu trinken dabei hatte. So konnte er noch lange Zeit um den Mond herum fliegen und warten bis dieser größer war, um dann sicher landen.

Herr Bombelmann flog eine Runde nach der anderen. Das dauerte und dauerte. Um etwas Abwechslung zu haben, stellte er sein Radio an. Dort sagte eine Stimme: „Und so ist ab morgen mit schweren Gewittern und viel Regen zu rechnen. Die Temperaturen bleiben wie bisher.“ Oh nein. Viel Regen. Dann würde seine Rakete aufweichen. Wie sollte er dann noch fliegen können?

Herr Bombelmann drehte an seinem Lenkrad und nahm Kurs zurück Richtung Erde. Die Mondlandung musste abgebrochen werden. Hoffentlich schaffte er es noch bis nach Hause, bevor es zu schütten anfing.

Um besonders schnell zu fliegen, legte er den Superpropgang ein, der normalerweise nur zum Starten gedacht war. Aber es sollte sich herausstellen, dass es gut war, dass Herr Bombelmann dies tat. Denn kaum schoss die Rakete wieder durch die Wolken in Richtung Erde, da fing es an zu blitzen und zu donnern. Die Regensammler kippten eimerweise das Wasser aus den Wolken. Herr Bombelmann konnte dem Regen nicht mehr ausweichen. Seine Rakete wurde durch und durch nass. Die Raketenspitze knickte schon zur Seite. Kurz darauf fiel die erste Fensterfolie heraus. Jetzt gab der Boden nach. Herr Bombelmann hielt sich an der Getränkeflaschenhalterung fest, um seinen Fallschirm besser anlegen zu können. Da er in vollem Sinkflug nicht aussteigen konnte, wendete er und legte den Rückwärtsschubgang ein. Die Rakete stand nun fast in der Luft.

Herr Bombelmann legte den Öffnungshebel der Klapptüre um. Diese fiel sofort aus dem Raketenkörper heraus. Abspringen war angesagt. Und das nur, weil er das Radio erst so spät eingeschaltet hatte. Er sprang und zog die Leine seines Fallschirms. Während er nach unten segelte, kamen wieder die vier Adler vorbei. Und obwohl sie vom Regen ganz nass waren, lachten sie darüber, wie Herr Bombelmann in den Seilen hing und tropfte. Er rief: „Das ist gar nicht lustig. Zeigt mir lieber, wo ich wohne! Ich habe mein Fernglas in der Rakete liegen lassen und kann meinen Fallschirm nicht so gut lenken.“

Die Adler sahen sich an, flogen hinüber zu Herrn Bombelmann, griffen die Schnüre des Fallschirms und zogen ihn immer höher. So hoch, dass es Herr Bombelmann mit der Angst zu tun bekam. Denn er wusste nicht, was die Adler wussten. Er war mit seiner nassen Rakete vom richtigen Kurs abgekommen und wäre ganz woanders gelandet. So aber brachten ihn die Adler genau über sein Haus und ließen ihn dann los. Herr Bombelmann landete wenige Minuten später vor seiner Garage und war froh, wieder zu Hause zu sein. Seine Rakete hatte er zwar verloren, aber er wollte sowieso nie mehr zum Mond fliegen, weil ihm das viel zu gefährlich war.

# Herr Bombelmann macht Urlaub

Endlich war es wieder so weit. Einmal im Jahr wollte Herr Bombelmann in den Urlaub fahren. Als Ziel hatte er sich dieses Mal Hugoslawien ausgesucht. Denn, das wusste ja jedes Kind, in Hugoslawien war es schön warm, die Sonne schien den ganzen Tag – fast jedenfalls – , es gab schöne Sandstrände und ein tolles Meer.
Herr Bombelmann holte seinen Superspezialfaltkoffer aus dem Schrank. Zusammengeklappt war der Koffer ungefähr so groß wie eine Tafel Schokolade. Oder eine Tüte Kekse. Aber wenn er ihn auffaltete, dann war er sehr groß. Er hatte rote und schwarze Karos und einen langen Reißverschluss. Er konnte sich super dehnen. Wie ein Gummi. Diesen Koffer legte Herr Bombelmann auf das Bett, um seine Urlaubssachen einzupacken. Viel brauchte er ja nicht. Keinen Mantel und keine Jacke, denn es war warm, kein Hemd, weil er am Strand keines trug, keine Strümpfe und keine Schuhe, weil er barfuß im Sand lief.
Seinen lustigen Hut, den er immer trug, hatte er sowieso auf dem Kopf. Was er unbedingt mitnehmen musste, war seine Badehose. Sie war blau und weiß, mit Streifen nebeneinander von oben

nach unten und von unten nach oben. Außerdem wollte er Sonnenmilch mitnehmen. Nicht die von den Kühen, sondern die, die aus Creme gemacht wird. Dazu legte er die Sonnenbrille. Die, die so schön dunkel war. Dann packte er in den Koffer noch seinen Liegestuhl, seinen Sonnenschirm, sein Superturbo-Renntretboot und natürlich seinen fest aufgeblasenen Schwimmreifen. Den brauchte Herr Bombelmann unbedingt. Denn schwimmen konnte er nicht so gut und auf dem Boot wollte er sicher sein.

Fast hätte er seine Zahnbürste vergessen. Das war doch das Wichtigste überhaupt. Seine Zähne sollten auch im Urlaub gesund bleiben und weiß sein.

Alles in den Superspezialfaltkoffer eingepackt, zog er den Reißverschluss rundherum zu, faltete ihn zusammen und verstaute ihn in seinem schönen, aber alten und immer sauberen Auto im Kofferraum. Bevor Herr Bombelmann startete, ging er noch eine Runde durch sein kleines, gemütliches Haus, verabschiedete sich von all seinen Blumen und versprach ihnen, bald wieder zurück zu sein. Er verriegelte die Tür hinter sich und es konnte losgehen.

Was war das wieder für eine lange Fahrt. Er hatte das Gefühl, es würde ewig dauern, bis er ankam.

Das war langweilig. Kaum hatte er die große Autostraße erreicht, bekam er schon das erste Mal Hunger. So wie immer. Er kramte sich einen Keks aus der Tüte und knabberte darauf herum. Tja, und so fuhr er vor sich hin. Gaaanz lange. „Puuh“, dachte er, „wann bin ich nur endlich da?“ Das dauerte und dauerte.

Doch endlich, endlich konnte er das Meer sehen. Und es war genau so, wie er es sich vorgestellt hatte: blau und tolle Wellen. Am Rand vom Meer war ganz viel Sand. Das war der Strand. An diesem Strand standen viele bunte Sonnenschirme.

Als er aus dem Auto stieg, roch er die warme, frische hugoslawische Luft. So, wie es Landluft gab, gab es auch Meerluft, Strandluft, Fabrikluft, Stinkluft oder geruchlose Luft. Hier gab es warme, frische, hugoslawische Strandluft. Bestimmt würde er sich am Ende des Urlaubs eine Flasche damit füllen und mit nach Hause nehmen. Schnell brachte er seinen Koffer ins Hotel, zog die Badehose an, rieb sich mit Sonnenmilch ein, klemmte seinen Liegestuhl und den Sonnenschirm unter den Arm, rannte los über die Straße und schon war er am Strand.

Der Sand war angenehm weich unter seinen Füßen. Überall lagen Leute auf ihren Liegestühlen oder Decken, planschten die Kinder im Wasser oder rannten über den Sand, bauten irgendwelche Burgen oder spielten Federball.
Alle schauten ihn an. Er fiel sofort auf. Er war der Einzige, der einen Hut auf dem Kopf trug. Denn Herr Bombelmann trug seinen lustigen Hut ja immer. Auch nachts. Am Anfang lachten die Menschen über ihn, aber das war er gewohnt. Das machte ihm nichts aus. Er wusste, dass der Hut auch in Hugoslawien sehr wichtig war. Das würden noch einige merken. In ein paar Tagen würde niemand mehr über ihn lachen.
Er suchte sich einen schönen freien Platz, an dem er seinen Liegestuhl zusammen mit dem Sonnenschirm aufstellen konnte und legte sich hin. Weil Herr Bombelmann von der langen Fahrt sehr müde war, schlief er schnell ein.
Als er aufwachte, fror er ein wenig. Es waren kaum noch Leute am Strand und die Sonne war schon untergegangen. Der erste Urlaubstag war vorbei. Herr Bombelmann klappte seinen Liegestuhl und den Sonnenschirm zusammen und ging zurück ins Hotel, um etwas zu essen und ins Bett zu gehen.

Am nächsten Morgen war gleich nach dem Frühstück Strand angesagt. Diesmal hatte Herr Bombelmann sein Superturbo-Renntretboot dabei. Damit wollte er gemütlich übers Wasser schwimmen oder darüber sausen wie ein Pfeil, wie er gerade Lust dazu hatte. Vorher machte er allerdings noch seinen Platz am Strand fertig, indem er Liegestuhl und Sonnenschirm aufstellte. Dann ließ er das Superturbo-Renntretboot zu Wasser. Den Schwimmreifen legte er sich sicherheitshalber um den Bauch und stieg ein. Zunächst fuhr er so, wie heute jeder ein Tretboot kennt. Er trat wie bei einem Fahrrad in die Pedale und bewegte sich langsam vorwärts. Dabei konnte er mit dem Lenkrad lenken wie in einem Auto. Nur, dass es auf dem weiten Meer egal war, wohin er lenkte. Fast jedenfalls.

Die Kinder am Strand staunten nicht schlecht und wollten auch alle einmal mit dem Boot fahren. Natürlich lud Herr Bombelmann die Kinder ein, mitzufahren. Wer wollte, der durfte auch selbst treten. Und so wollte jedes Kind der schnellste Fahrer sein.

Das Boot schaukelte und tanzte auf den Wellen und der frische Meereswind kam immer von vorne, so schnell fuhren sie. Es war einfach klasse. Im Nu bildete sich eine Schlange genau dort, wo Herr Bombelmann immer ein- und aussteigen

ließ. Schon standen zwanzig oder dreißig oder hundert Kinder hintereinander. Sie mussten sehr lange warten, bis sie fahren durften.
Mitten in dieser Kinder-Schlange stand ein großer Mann. Wollte auch er mit dem Superturbo-Renntretboot fahren? Als er an der Reihe war, sprach er mit Herrn Bombelmann. Herr Bombelmann schob seinen Hut auf dem Kopf hin und her, überlegte, zuckte mit den Achseln und nickte schließlich mit dem Kopf.
Der Mann ging weg und kam kurz danach wieder. Er hatte jetzt einen Schal an, einen Schneeanzug und hohe Schuhe. Über der Schulter trug er zwei Ski. Er ging direkt zu Herrn Bombelmann, legte die Ski in den Sand, stellte sich darauf, machte sie an den Füßen fest und zog den Reißverschluss von seinem Schneeanzug zu. Nun ging Herr Bombelmann weg und kam mit einem zweiten Schwimmreifen wieder. Den musste sich der Mann um den Bauch legen und mit einer Hand festhalten. In die andere Hand drückte ihm Herr Bombelmann das Ende eines langen Seils, das andere Ende knotete er an sein Superturbo-Renntretboot. Dann setzte er sich hinein und drehte sich zu dem Mann im Schneeanzug um. Dieser winkte ihm zu und Herr Bombelmann begann, in die Pedale zu treten.

Das Boot setzte sich langsam in Fahrt. Nun legte Herr Bombelmann einen Hebel am Lenkrad nach vorne um. Das war der Superturbo-Renntretboot-Hebel. Herr Bombelmann trat mittlerweile so schnell, dass das Wasser hinter dem Boot spritzte. Vor lauter Fahrtwind hatte er Mühe, seinen Hut auf dem Kopf zu behalten, um ihn nicht zu verlieren. Das Seil musste sich gleich spannen.
Es gab einen Ruck und die Ski rutschten über den Sand ins Meer. Wer jetzt dachte, der Mann im Schneeanzug würde untergehen, der hatte sich getäuscht. Er fuhr nun mit seinen Skiern auf dem Wasser. Ja. Auf dem Wasser. Er fuhr eine Kurve

nach links und eine nach rechts, wieder geradeaus und wieder eine Kurve. Einmal, als Herr Bombelmann etwas langsamer trat, fuhr der andere Mann neben ihn und redete mit ihm. Gleich fuhr das Superturbo-Renntretboot wieder schneller. So fegte Herr Bombelmann über das Wasser und zog an einem langen Seil den Mann im Schneeanzug auf Skiern hinter sich her.
Die Kinder und die großen Leute am Strand staunten und klatschten, sie fotografierten und filmten. Sie riefen und schrien. Es war unglaublich.
Als die beiden wieder an den Strand zurückkamen, wollten die Kinder gerne Autogramme haben und die Erwachsenen wollten wissen, wie das mit den Ski funktionierte. Ein hugoslawischer Mann zog Herrn Bombelmann zur Seite und betrachtete das Superturbo-Renntretboot genau. Noch in der selben Woche hatte der Hugoslawe eine Vermietung für Tretboote eröffnet. Viele fuhren mit diesen Booten und es war mindestens so viel Bootsbetrieb auf dem Wasser wie Autobetrieb auf der Autobahn. Manchmal gab es an der Ausgabestelle sogar einen Stau, weil einige nach draußen fahren wollten, andere aber das Boot zurückbringen mussten. Seitdem gab es an vielen Stellen in Hugoslawien Vermietungen für Tretboote. Die Leute dort stellten Folgendes fest: Da es auf

dem Meer keinen Schatten gab, brannte die ganze Zeit den Menschen, die auf ihren Tretbooten saßen, die Sonne auf den Kopf. Und wer über viele Stunden versuchte so schnell zu fahren wie Herr Bombelmann, der bekam einen schrecklichen Sonnenbrand ins Gesicht und – bei denen ohne Haare – auf die Glatze. Das alles war Herrn Bombelmann nicht passiert. Denn er trug von Anfang an einen Hut auf dem Kopf. Es kam genau so, wie er es sich gedacht hatte: Niemand lachte mehr über ihn.

Weil es in Hugoslawien keine Hüte zu kaufen gab, wollte jeder, der die Sache mit dem Sonnenbrand festgestellt hatte, den Hut von Herrn Bombelmann haben. Doch den gab er niemals her. Den behielt er immer selbst auf dem Kopf. Aber er bestellte viele Hüte in Poppelsdorf.

Ein paar Tage später kam ein Lastwagen von dort und brachte sie nach Hugoslawien. Die gab es gleich bei der Tretbootvermietung zu kaufen. In den verschiedensten Formen und Farben. Nur so einer wie ihn Herr Bombelmann hatte, war nicht dabei.

Die Sache mit dem Skifahren war etwas schwieriger. Alle, die es versuchten, sind nur am Grund

langgefahren. Sie fuhren erst in der Badehose los, denn es war ja sehr warm. Als sie merkten, dass das nicht klappte, versuchten sie es in Schneeanzügen. Aber auch damit fuhren sie nur unter Wasser – und das war nicht wirklich angenehm. Denn dabei bekamen sie keine Luft mehr. Einmal kehrte ein Mann aus dem Wasser zurück und hatte zwischen den Zähnen einen Plattfisch, der wie wild zappelte. Ein anderer hatte so viel Wasser geschluckt, dass er vier Tage lang nichts mehr trinken konnte.
Doch weshalb das mit dem Wasserskifahren nicht klappte, das lag an zwei Dingen: erstens hatten die Tretboote nicht den Hebel am Lenkrad, um den Superturbo-Gang einzulegen. So musste man viel zu schnell treten. Das konnte kaum jemand. Und zweitens waren die Ski, die der Mann hatte, ganz besondere. Sie waren breiter und viel leichter als normale Ski. Das waren die einzigen Schwimmski, die es gab. Die anderen mussten erst noch hergestellt werden und sollten im nächsten Jahr fertig sein. Dann würde es nicht nur Tretboote zu mieten geben, sondern auch breitere und leichtere Ski, die man Wasserski nannte. Und wer sich nicht mit dem Tretboot beim Treten anstrengen wollte, für den gab es Boote mit Motor zu leihen. So kamen die ersten Wasserskifahrer aus Hugoslawien und trugen diesen Spaß hinaus in die ganze Welt.

# Herr Bombelmann sucht die andere Straßenseite

Vor langer, langer Zeit, da wussten die Menschen nicht genau, wo die andere Straßenseite war. Heute weiß das natürlich jeder. Wieso das heute so ist, davon erzählt diese Geschichte.
In einer großen Stadt, in der sehr viele Leute in den breiten Straßen immer hin und her liefen, wollte Herr Bombelmann einmal herausfinden, wo nun eigentlich die andere Straßenseite war. Er fuhr mit seinem schönen, aber alten und immer sauberen Auto nach Großstadt.

Hier gab es viele Hochhäuser, die bis zu den Wolken hinauf ragten. Die Fensterscheiben glänzten in der Sonne wie Spiegel. Um auf der Treppe bis ganz nach oben zu laufen, brauchte man bestimmt drei oder vier Tage. Aber es gab auch einen Aufzug in solchen Häusern. Manchmal auch

mehrere. Die waren dann so schnell, dass man unten mit heißen Pommes mit Ketchup einsteigen konnte und wenn man oben war, musste man immer noch pusten, um sie essen zu können. Kinder fahren sehr gerne mit so schnellen Aufzügen, aber die Erwachsenen schimpfen dann meistens.
In so einem Haus wohnten mehr Menschen, als in dem gesamten Ort Poppelsdorf, in dem Herr Bombelmann zu Hause war.
Die Straßen waren sehr breit. Viel breiter als eine gewöhnliche Straße, sogar breiter als eine Autobahn. Ungefähr so breit, wie ein Fußballplatz lang ist. Es fuhren viele Autos auf diesen Straßen. Das heißt, wenn sie fuhren. Die meisten standen ja nur und hupten, rollten mal ein Stück nach vorne und standen wieder.
Herr Bombelmann wusste das und stellte sein Auto schon vor der Stadt ab. Er fuhr mit der Straßenbahn auf den Schienen an den Autos vorbei. Ab und zu klingelte die Straßenbahn. Wahrscheinlich immer dann, wenn ein Auto im Weg war, aber das wusste er nicht so genau.
Im Zentrum der Stadt, wo die meisten Geschäfte waren, stieg Herr Bombelmann aus. Er sah sich

zuerst die Schaufenster an. Sie waren toll geschmückt. Was es dort alles zu sehen gab: eine elektrische Eisenbahn, die so viele Gleise hatte, dass sie nicht einmal in sein Haus gepasst hätte. Es fuhren bestimmt zwanzig oder dreißig Züge darauf herum. In den kleinen Waggons saßen Spielpüppchen, die immer winkten, wenn sie wieder am Fenster vorbeikamen.

In anderen Schaufenstern sah er Puppen, die konnten richtig laufen und miteinander spielen, sich kämmen und baden, sich in kleine Modellautos setzen und durch die Gegend fahren. So etwas hatte Herr Bombelmann noch nie gesehen. Er war ganz fasziniert.

Auf den großen Plätzen vor den Einkaufsläden waren viele Menschen. Manche von ihnen zeigten Kunststücke und sammelten Geld in einem Hut. Da war zum Beispiel ein Clown, der auf Stelzen lief. Er hatte eine knallrote Nase, weinrote, zauselige Haare, auf die Wangen rote Herzen gemalt und die Lippen ganz witzig geschminkt. Er machte lustige Sachen auf seinen Stelzen und die Leute lachten darüber sehr. Sie klatschten in die Hände und riefen laut: „Bravo, bravo!"

Der Hut von diesem Clown, den er an die Hauswand gestellt hatte, lief schon fast über vor Geld, weil jeder etwas hineinwerfen wollte.

Herr Bombelmann lief weiter. Dort, wo keine Geschäfte mehr waren, waren auch nicht mehr so viele Menschen. Hier waren die breiten Straßen wieder voll mit Autos.
Herr Bombelmann lief auf dem Bürgersteig und hatte sich vorgenommen, den nächsten, der ihm begegnete, zu fragen, wo denn hier die andere Straßenseite war. Denn das wollte er herausfinden in Großstadt.
An der großen Laterne standen zwei Frauen, die gerade über die neuen oder nicht so neuen Dinge in der Welt redeten. Die eine hatte ihre dicken Lippen rot geschminkt, was sofort auffiel. Die andere musste unendlich lange Haare haben. Sie hatte sie hochgesteckt wie einen Turban. Er war bestimmt einen halben Meter hoch. Um sie wieder aufzumachen, musste sie wahrscheinlich jemanden darum bitten zu helfen. Ihre eigenen Arme waren dazu zu kurz. Bestimmt waren die Haare hochgesteckt, damit die Frau beim Laufen nicht ständig darüber stolperte.
Herr Bombelmann fragte sie sehr höflich: „Entschuldigung, wohnen Sie hier in Großstadt?“ – „Ja“, antworteten die Frauen gleichzeitig. Herr Bombelmann wollte nun wissen: „Können Sie mir dann bitte sagen, wo hier die andere Straßenseite ist?“ Die Frauen sahen sich an. Die mit den

913

dicken roten Lippen sagte: „Das ist eine gute Frage. Darüber habe ich noch gar nicht nachgedacht. Weißt du vielleicht, wo das sein könnte?“ fragte

sie die Frau mit dem Haarturban. Diese schüttelte den Kopf. Sie begannen zu diskutieren, wo das wohl sein könnte. Herr Bombelmann hörte sich das geduldig einen Moment an und verabschiedete sich, weil keine Lösung in Sicht war. Die Frauen riefen ihm noch hinterher: „Wenn Sie wissen, wo das ist, könnten Sie es uns vielleicht erzählen?“

Als nächstes begegnete ihm ein Mann. Er hatte so breite Schultern, wie der Kleiderschrank von Herrn Bombelmann breit war. „Entschuldigung, wohnen Sie in Großstadt?“ Der Mann antwortete mit einer sehr tiefen Stimme: „Ja, warum? Worum geht's?“ Herr Bombelmann wollte wieder wissen: „Können Sie mir vielleicht sagen, wo die andere Straßenseite ist?“ Der Mann mit den schrankbreiten Schultern sah ihn an. Er zog die Augenbrauen nach unten, nahm den rechten Zeigefinger an die Unterlippe, strich sich mit dem Daumen unter dem Kinn und überlegte. Er begann langsam den Kopf zu schütteln. „Nein", sagte er mit seiner tiefen Grollstimme, „das weiß ich nicht. Darüber habe ich noch nie nachgedacht. Aber wenn Sie es wissen, könnten Sie es mir vielleicht sagen?"

Herr Bombelmann meinte, er könne das wohl tun und ging weiter. So schwer hatte er sich seine Suche nach der anderen Straßenseite nicht vorgestellt. Ein kleines Mädchen kam ihm entgegen. „Hallo, kleine Dame. Kannst du mir vielleicht sagen, wo hier die andere Straßenseite ist?" – Das Mädchen sah ihn an, lächelte und sagte: „Das weiß doch jedes Baby. Da drüben natürlich!" Es zeigte mit ihrer rechten Hand über die Straße. Herr Bombelmann war glücklich. Er zog einen Lutscher aus der Tasche und wollte ihn dem kleinen Mädchen geben: „Ich danke dir. Bisher konnte mir noch niemand sagen, wo die andere Straßenseite ist." Das Mädchen wollte den Lutscher nicht haben: „Meine Eltern haben mir verboten, von fremden Menschen etwas zu nehmen." – „Das" fand Herr Bombelmann, „das ist sehr vernünftig."

Er machte sich nun auf den Weg, die Straße zu überqueren. Doch das war leichter gesagt als getan. Immer, wenn er einen Schritt auf die Straße setzte, fingen die Autos fürchterlich zu hupen an und er sprang dann sofort erschrocken zurück. Er musste eine Lösung finden und überlegte. Schließlich hatte er eine Idee. Er wollte einfach bis zur nächsten Ampel laufen und dort die Straße überqueren.

Nach fünf Minuten hatte er eine Ampel gefunden, wartete bis es grün für Fußgänger wurde und ging hinüber. Da war er nun.

Natürlich wusste er nicht, ob das Mädchen recht gehabt hat. Er wollte gerne eine Bestätigung einholen. Eine Frau mit einer braunen Jacke und weißen Haaren in Begleitung eines Mannes mit mindestens genauso weißen Haaren kam ihm entgegen. Der Mann lief gebeugt an einem Spazierstock. Sie gingen sehr langsam. Man sah ihnen an, dass sie alt sein mussten. Und alte Menschen, das wusste Herr Bombelmann, sind meistens sehr, sehr klug. „Entschuldigung", fragte Herr Bombelmann, „können Sie mir sagen, wo hier die andere Straßenseite ist?" Die zwei sahen ihn an. „Wie bitte, junger Mann? Was haben Sie gesagt?", fragten sie mit zittriger Stimme, „Wir hören doch so schlecht. Können Sie etwas lauter reden?" Herr Bombelmann fragte wieder, diesmal etwas lauter: „Können Sie mir sagen, wo hier die andere Straßenseite ist?" Der alte Mann hob seinen Kopf, indem er ihn etwas zur Seite drehte: „Waaaas? Können Sie nicht etwas lauter reden?"

Herr Bombelmann fragte so laut, dass er schon fast schrie: „Können Sie mir sagen, ob hier die andere Straßenseite ist?“ Wieder drehte der alte Mann seinen Kopf: „Hören Sie, junger Mann. Hier ist nicht die andere Straßenseite. Die andere Straßenseite ist“ – er zeigte mit seinem Stock über

die Straße – „dort drüben!“ Herr Bombelmann wollte ganz laut wissen: „Sind Sie da sicher?“ – „Natürlich bin ich mir da sicher“, sagte der alte Mann, „dieses hier ist diese Straßenseite. Und da drüben“, wieder zeigte er mit seinem Stock über die Straße, „ist die andere Straßenseite.“

Herr Bombelmann ärgerte sich ein wenig über das kleine Mädchen. Sollte es ihn etwa drangekriegt haben? Er sagte sehr laut, so dass es sogar der alte Mann hörte: „Aber ein Mädchen hat mich von dort drüben hierher geschickt."
Der alte Mann schob wichtig seine Unterlippe vor. Jetzt sah er sehr klug und weise aus. „Wenn ein Mädchen Sie hierher geschickt hat und Ihnen sagte, hier ist die andere Straßenseite, so war das ein sehr schlaues Mädchen. Die wenigsten Menschen wissen, wo die andere Straßenseite ist. Ich will Ihnen das mal erklären, junger Mann. Die Straßenseite, auf der Sie sich gerade befinden, ist immer diese Seite. Die gegenüber ist immer die andere Straßenseite. Wenn Sie also jetzt hier sind, ist die andere Straßenseite dort." Und er zeigte wieder mit seinem Stock über die Straße. „Sind Sie aber dort, ist die andere Straßenseite hier." – „Also dann" , sagte Herr Bombelmann, „dann bin ich jetzt auf der anderen Straßenseite?" – „Nein, nein, mein Herr. Sie sind jetzt auf dieser Straßenseite. Nur wenn Sie da drüben wären, dann wären Sie jetzt auf der anderen Straßenseite! Nur wäre die andere Straßenseite für Sie dann diese Straßenseite und wir wären auf der anderen. Verstehen Sie das?" Das war zwar sehr schwierig, doch Herr Bombelmann konnte das verstehen.

Er hatte das Geheimnis der anderen Straßenseite dank des klugen und weisen alten Mannes gelüftet. Die andere Straßenseite lag immer gegenüber. Das wollte er zu Hause in Poppelsdorf jedem erzählen, die sollten es wieder weiter sagen und so weiter und so weiter. Und so kam es, dass irgendwann alle Menschen wie selbstverständlich wussten, wo die andere Straßenseite war.

Herr Bombelmann dachte zufrieden an diese Geschichte, wenn er in seinem kleinen bunten Haus im Schaukelstuhl saß und von vorne nach hinten und von hinten nach vorne schaukelte.

# Herr Bombelmann als Pilot

Den ganzen Tag war Herr Bombelmann schon mit seinem Wanderstock unterwegs. Jetzt machte er Pause und saß auf einer Bank, biss in sein Brot und trank einen Schluck aus seiner Flasche. Dabei schaute er den Wolken zu, die lautlos vom Wind über den Himmel geschoben wurden und träumte. Auf so einer weichen, weißen Wolke zu liegen, auf die Erde zu sehen und sich von der Sonne wärmen zu lassen, war bestimmt schön. Das musste einfach toll sein. Wie gerne würde er das ausprobieren.

Ein rotbraunes Eichhörnchen hüpfte über den Weg, blieb vor Herrn Bombelmann sitzen und winkte mit seinem buschigen Schwanz. Ein paar Krümel von seinem Brot hatte er immer übrig und warf sie dem Eichhörnchen zu. Dieses nahm sie zwischen die Vorderpfötchen, schob sie in seine Backen und rannte den nächsten Baum hinauf.

Herr Bombelmann packte die Brotbüchse und die Trinkflasche in seine Tasche, wischte sich die Krümel von der Hose, nahm seinen Stock und wanderte gut gestärkt weiter.

Ganz weit hinten, auf einem Feld, stand eine uralte Scheune. Das Holz war dunkelbraun und angemodert. In so uralten Scheunen, das wusste er, konnten tolle Schätze versteckt sein: Zum Beispiel ein Traktor, Cowboy-Postkutschen, Indianerzelte oder sogar Rennwagen. Deshalb ging er zu der Scheune. Rundherum war hohes Gras, ein paar Brennesseln standen dazwischen, viele Spinnennetze hingen hier und da und vertrocknetes Heu vom letzten Jahr lag überall. Der Riegel an der großen Tür war total verrostet – er ließ sich nicht nach hinten schieben.

Herr Bombelmann war neugierig geworden. Er wollte wissen, was sich in dieser Scheune verbarg und so stapfte er durch die hohen Brennesseln und hatte keine Angst vor ihnen. Schließlich wusste er, dass, wenn diese auf der Haut brannten, es gesund war. Das war gut gegen Rheuma. Das hatte er zwar nicht, aber er wollte es auch nicht kriegen. Außerdem wusste er, dass Brennnesseln nicht durch seine langen Ärmel und die Hosenbeine brennen würden, sondern nur direkt auf der Haut.

Er versuchte, durch die Ritze im Holz zu schauen. Die Sonnenstrahlen drangen aber nur so spärlich nach innen, dass er nichts sehen konnte. Er kletterte auf das Dach – aber auch hier konnte er nirgends etwas erkennen.

Wieder auf dem Boden suchte er sich einen Stein, um damit den Riegel lösen zu können. Als er einen

gefunden hatte, schlug er damit gegen den Riegel. Immer wieder. Fast hätte er sich auf seine Finger geklopft. Das hätte bestimmt furchtbar weh getan. Endlich hatte er es geschafft. Der Riegel war gelöst und schob sich bei jedem Schlag ein Stück weiter zurück. Jetzt nur noch das Tor aufdrücken und er würde wissen, ob hier ein Schatz zu finden war oder nicht. Er drückte, so fest er konnte, aber die Scharniere der Türe waren genauso verrostet wie der Riegel. Nichts bewegte sich. Keinen Zentimeter ließ sich die Türe öffnen. Herr Bombelmann drückte, zog, machte und schob. Doch die Scheune blieb zu. Mittlerweile war es schon spät und es wurde dunkel. Er wollte morgen wieder zurück kommen.
So lief er nach Hause und dachte nach, was wohl in der Scheune versteckt war? Lag es wirklich nur am Rost, dass sie sich so schlecht öffnen ließ? Oder hatte jemand die Tür extra stark gesichert, weil ein besonders großer Schatz darin war?
Nach dem Abendessen trank Herr Bombelmann noch einen Pfefferminztee und machte sich fertig für die Nacht. Er kroch unter seine Bettdecke, knipste das Licht aus und schlief ein. Dabei dachte er immer nur an die Scheune.
Irgendwie war es gar nicht so schwer, das Tor zu öffnen. Es quietschte und stöhnte, als er es auf-

schob. Er ging hinein und da stockte ihm der Atem. Das Herz schlug ihm bis zum Hals.

Dort stand ein altes, cremefarbenes Flugzeug. Es glänzte und blitzte und blinkte. An jeder Seite

war ein Propeller an den Flügeln. Die Sitze waren aus schwarzem Leder. Eine Fliegeruniform und eine Fliegerbrille mit Gummiband lagen auf dem hinteren Sitz, vorne lag eine Fluglandkarte.

Hinter dem Flugzeug in der Ecke stand ein Benzinkanister. Der war sogar voll. Herr Bombelmann zog sich die Fliegeruniform an, setzte die Fliegerbrille über die Augen und befestigte das Gummiband hinter seinem Kopf. Dann nahm er den Benzinkanister, tankte das Flugzeug und stieg ein.

Er studierte die Fluglandkarte, damit er wusste, wo er hinfliegen würde und drückte auf einen roten Knopf, auf dem in weißen Buchstaben *Start* stand. Die Propeller ächzten und kreischten und begannen langsam sich zu drehen.

Das Flugzeug schüttelte sich, wie es sonst nur Wackelpudding konnte. Es wurde aus seinem langen Schlaf aufgeweckt. Am liebsten hätte es sich erst mal so richtig gestreckt! Das können Flugzeuge aber nicht. Die Propeller wurden schneller und schneller. Herr Bombelmann löste die Handbremse und schob den Gashebel nach vorne. Die Motoren wurden immer lauter. Mit viel Getöse setzte sich das Flugzeug in Bewegung. Es rumpelte aus der Scheune. Jetzt drückte der Pilot Bombelmann den Gashebel bis zum

Anschlag, die Motoren kreischten und das Flugzeug fühlte sich wie in jungen Jahren. Wie lange war es her, dass es das letzte Mal geflogen war? Bestimmt schon 50 Jahre. Oder 100 oder so.
Die blanke, glänzende Nase glitzerte im Sonnenlicht, es war so, als würde es anfangen zu lächeln. Es polterte immer schneller über das Feld. Der

Wind pfiff Herrn Bombelmann ins Gesicht, er spürte schon einen Hauch von Abenteuer. Nur noch den Steuerknüppel zurück ziehen, und das Flugzeug stieg ganz übermütig in die Luft. Über die Bäume, dem Himmel entgegen. Von hier oben war es wie früher, alles so vertraut. Die Propeller knatterten, die Flügel hoben sich abwechselnd mal links und mal rechts. So kam es, dass Herr Bombelmann Kurven fliegen musste, ohne es zu wollen.

Die Maschine flog Slalomkurs im Zickzack durch die Wolken, schoss nach unten, um sich im nächsten Moment wieder aufzurichten und einen Looping zu drehen. Herr Bombelmann hielt sich und seinen lustigen Hut so fest er konnte. Das Flugzeug hüpfte hoch und runter vor Freude und wollte nicht aufhören. Als es allerdings kopfüber flog, war es Herrn Bombelmann genug. Er rief: „Jetzt reicht's aber. Jetzt wird wieder vernünftig geflogen!" Er nahm den Steuerknüppel fest in die Hand und gab ab sofort selbst die Richtung an.

Die Häuser unter ihm waren ganz klein, die Menschen sahen aus wie Ameisen und wuselten durcheinander. Herr Bombelmann winkte aus seinem Flugzeug heraus, als es plötzlich hupte und ein Düsenjet ihn mit Riesenkaracho überholte. Wahrscheinlich war er auf der Flugzeugschnellstraße. Da wollte er doch gar nicht hin. Er flog eine Kurve, ein Stück geradeaus und noch eine Kurve. Irgendwie musste er von dieser Stra-

ße runter kommen. Hier war er hoffentlich wieder alleine.
Doch da vorne kam ihm schon ein großes Boeing-Passagierflugzeug entgegen. Grelle Lichter gingen ständig an und aus und Herr Bombelmann glaubte, der Pilot würde ihn begrüßen. Herr Bombelmann winkte freundlich zurück, doch der Pilot der Boeing schimpfte und schrie und fuchtelte wie wild mit den Armen. Was Herr Bombelmann nämlich nicht wusste: Er war auf einer Einbahnflugstraße in die falsche Richtung geflogen.
Er hatte zwar die Fluglandkarte gelesen, aber in der Luft waren die Straßen nicht markiert. So etwas lernte man in der Pilotenschule. Die jedoch hat Herr Bombelmann nie besucht.
Nachdem er eine Weile weitergeflogen war, landete er auf der Wolke 462, um Pause zu machen. Er stieg aus dem Flugzeug und legte sich in die sanfte, weiche Wolke, so wie er es schon immer einmal tun wollte. Jetzt konnte er sich vom Wind wegtragen lassen.
Er packte seine Brotbüchse und seine Trinkflasche aus und machte ein Picknick. Eine Decke brauchte er dazu nicht, denn die Wolke war sauber und genauso weich, wie sie von der Erde aussah.
Über ihm, auf Wolke 464, saß der Geier Habnix und geierte auf ihn herunter. Herr Bombelmann

rief ihm zu: „Komm her, ich habe genug für uns beide!“ Der Geier streckte seinen langen Hals nach vorne und kam im Sturzflug nach unten. Fast hätte er vergessen, seine Flügel zum Bremsen auszubreiten und hätte beinahe ein Loch durch die Wolke geflogen. Zum Glück aber nahm er rechtzeitig seinen Kopf hoch, zog den Hals ein und wurde von der weichen Wolke 462 aufgefangen.

„Hast du auch ein altes Gammelbrot dabei? Ich esse am liebsten altes Zeug“, krächzte Habnix, der Geier. Herr Bombelmann antwortete: „Ich habe nur frisches Leckerbrot in meiner Dose. Aber vielleicht hast du Glück und findest noch etwas im Flugzeug!“

Das würde gewiss altes Brot sein. Steinhart wahrscheinlich. Dort war jedoch nichts. Herr Bombelmann nahm eine Scheibe Leckerbrot und legte sie für Habnix zur Seite: „Das kannst du zwei Tage liegenlassen, dann ist es alt. Wartest du eine Woche, dann ist es Gammelbrot. Es wird dir sicher schmecken!“

Er packte zusammen, setzte seine Fliegerbrille wieder auf, startete das Flugzeug und wollte zurück zur Scheune fliegen.

Der Wind hatte die Wolke sehr weit getragen. Nach einer Stunde geraden Fluges konnte Herr Bombelmann von oben schon die Häuser von Poppelsdorf sehen, wo er wohnte.

In den Propellern fing es an zu holpern und zu poltern. Es zuckte und spuckte, mit einem leiser werdenden Pöttpött, pöttpött, pöttpött gingen sie aus und standen still. Das Flugbenzin war alle und der Kanister war in der uralten Scheune stehen geblieben. Das Flugzeug segelte noch ein Stück durch die Luft, senkte dann die Spitze, trudelte und raste nach unten zur Erde. Herr Bombelmann kramte nach einem Fallschirm, aber es war keiner da. Ein Schleudersitz war genauso wenig im Flugzeug wie der Schleudersitzknopf. Was sollte er nur tun. Die Häuser kamen näher, die Menschen waren schon wieder als Menschen zu erkennen.

Das Flugzeug wurde schneller und schneller. Herr Bombelmann rief so laut er konnte „Hiiilfe“. Aber wer sollte ihm jetzt noch helfen? Mit einem lauten Päng schlug das Flugzeug im Dach seines eigenen Hauses ein! Er war abgestürzt!

Herr Bombelmann saß kerzengerade in seinem Bett und schwitzte. Die Sonne schien in sein Zimmer, draußen gingen die Kinder zur Schule und die Erwachsenen fuhren mit ihren Autos zur Arbeit. Wie froh war Herr Bombelmann, dass er alles nur geträumt hatte.

Aber folgendes wusste er genau: Er würde nie mehr versuchen, eine alte Scheune aufzumachen, die ihm nicht gehörte. Er würde niemals ohne Pilotenführerschein ein Flugzeug fliegen. Und er würde nie erfahren, was wirklich in der Scheune war.

# Herr Bombelmann und der Junge Benjamin

Hinter dem dicken Kastanienbaum lugten Schuhspitzen hervor. Eine links und eine rechts. Was sollte das bedeuten? Herr Bombelmann wollte der Sache auf den Grund gehen. An der Kastanie angekommen, sah er vorsichtig um die Ecke. Die Schuhspitzen wurden nach hinten länger und länger, sie wollten nicht mehr aufhören. An den Schuhspitzen hingen gaaaanz lange Schuhe dran. Und in diesen Schuhen stand ein Junge. Er hatte seinen Kopf gegen den Baum gelehnt und schluchzte. Seine orangefarbenen Haare, die so dick wie Wolle waren, hingen zwischen der Baumrinde und der Stirn des Jungen. Herr Bombelmann sagte: „Wer hat dich denn in diese Schuhe gesteckt? Damit kannst du doch nicht laufen!“ Der Junge erschrak und hörte sofort auf zu weinen. Er wischte sich seine Tränen fort und schluchzte: „Laufen kann ich in den Schuhen gut. Das ist Schuhgröße achtundfünfzig und trotzdem drücken sie mir seit gestern an den Zehen. Sie sind zu klein geworden. Es gibt hier aber kein Schuhgeschäft, das die nächste Größe hat. Ich habe mir welche bestellt, muss aber vier Tage warten bis sie hier sind und ich neue Schuhe bekomme. Oh, meine Füße sind so groß, ich bin so traurig." Während der Junge das sagte, musste Herr Bombelmann sich das Lachen verkneifen. Der Junge, der ihm gegenüber stand, war fast wie jeder Junge. Genauso groß, genauso schmal. Fast wie jeder Junge. Aber eben nur fast. Da waren drei Unterschiede: die überdicken Haare, die so dick waren wie Wolle und außerdem orange. Kaum jemand hatte Haare in orange.

Dann seine Füße, die sooo lang waren, dass er sich noch nicht einmal hinter einem dicken Kastanienbaum verstecken konnte, ohne gesehen zu werden. Und seine Nase: die war knallrot. Und rund. Wie eine Tomate. Und genauso groß. Sie leuchtete sicherlich, wenn es dunkel war.

Was Herr Bombelmann aber zu diesem Zeitpunkt noch nicht wusste, war, dass diese Nase trötete, wenn man darauf drückte. Herr Bombelmann prustete jetzt los, er konnte sein Lachen nicht mehr verkneifen. Der Junge fing sofort wieder an, zu weinen und legte seinen Kopf gegen den Baumstamm. „Tröööt", machte es, weil die Nase gegen den Baum drückte.

„Entschuldigung“, sagte Herr Bombelmann, „ich wollte dich nicht auslachen, ich habe über dich gelacht. Das ist ein Unterschied. Du siehst so lustig aus mit deinen großen Füßen, deiner roten Nase und deinen orangefarbenen Haaren! Weißt du was: wir setzen uns jetzt auf die Wiese und unterhalten uns. Mal sehen, ob ich dir irgendwie helfen kann. Ich bin übrigens Herr Bombelmann.“ – „Und ich“, beeilte sich der Junge zu sprechen, „heiße Benjamin. Ich glaube nicht, dass du mir helfen kannst. Das konnte bisher noch niemand.“

Sie gingen fünf Schritte vom Kastanienbaum weg und setzten sich in die Wiese. Benjamins Füße zeigten gerade nach oben und es sah so aus, als wolle er sich dahinter verstecken.

„Weißt du, Herr Bombelmann, mit so großen Füßen, das ist richtig schwierig. Beim Einkaufen sind die Gänge in den Regalen so eng, dass ich nur sehr schlecht um die Ecken laufen kann. Manchmal bleibe ich hängen und werfe ganze Büchsenstapel um. Wenn ich mit dem Fahrrad fahren möchte, darf ich nicht so stark lenken, sonst verfangen sich meine Füße in den Speichen und ich falle hin. Im Bus muss ich jedes Mal zwei Fahrkarten kaufen: eine für mich und eine für meine Füße. Trotzdem treten mir die Leute immer darauf. Jeden Tag muss ich Schuhe putzen und das dauert so lange. Für einen Schuh brauche ich eine ganze Dose Schuhcreme. Außerdem stolpere ich häufig, weil überall etwas im Weg steht. Allerdings haben meine großen Füße auch Vorteile: Ich kann im Schnee besser laufen und sacke nicht ein. Wenn ich will, kann ich meine Schuhe als Ski benutzen. Vom Nikolaus bekomme ich immer viel mehr als die anderen Kinder und im Marionettentheater darf ich in der ersten Reihe sitzen, weil meine Füße vor mir Platz brauchen."

Herr Bombelmann wollte wissen: „Und was ist mit deiner Nase, hast du damit auch ein Problem?" – „Nur ein klein wenig. Wenn ich erkältet bin, brauche ich ein Handtuch, damit ich mir die Nase putzen kann. Wenn ich zu fest zudrücke, dann trötet sie. Die Vorteile, die meine Nase hat, sind viel besser: ich kann super riechen damit, ich kann mir meinen Weg beleuchten, wenn es dunkel ist. Wenn ich es eilig habe und renne, dann drücke ich nur auf die Nase und schon gehen

die Leute vor mir zur Seite. Und das Tollste ist, dass ich sie drehen kann, wie ich will, sie sieht immer gleich aus!“ Mit einem Quietschen drehte er seine Nase mal nach rechts und mal nach links. Da die Nase rund war, sah sie wirklich immer gleich aus.

„Und was ist mit deinen Haaren?“, fragte Herr Bombelmann, „sind die gefärbt oder ist das echt?“ – „Meine Haare“, grinste Benjamin, „sind nicht gefärbt. Ich brauche mich morgens nicht zu kämmen, weil sie für einen Kamm zu dick sind. Die Bürste würde darin stecken bleiben. Und beim Friseur bekomme ich einen niedrigeren Preis, weil der meine Haare mit einer Gartenschere schneiden kann und viel Zeit spart.“

Sie unterhielten sich über die verschiedensten Dinge, sprachen über dies und das. Mit einem Blick auf die Uhr sagte Benjamin: „Es ist schon spät, ich muss nun gehen. Wenn du willst, können wir uns morgen wieder hier treffen. Gleiche Zeit, gleicher Ort!“ Und ob Herr Bombelmann das wollte.

Er sah Benjamin noch nach, wie er mit seinen großen Füßen, die er bei jedem Schritt nach außen stellte, den Weg entlang ging. An was erinnerte ihn das nur? An das Watscheln einer Ente? Nein, auf keinen Fall. Wie ein Blitz schoss es ihm durch den Kopf. Gestern war er im Zirkus Halligalli! Dort war ein Clown, der sah genauso aus, nur viel größer. Darüber wollte er mit Benjamin reden.

Die Sonne schien und es war ein herrlicher Tag. Die Schmetterlinge tanzten über der Wiese, die Eichhörnchen rannten die Bäume hoch und runter und die Vögel zwitscherten lustige Lieder, als Benjamin und Herr Bombelmann sich trafen. „Was möchtest du werden, wenn du groß bist?", fragte Herr Bombelmann.

„Eigentlich wollte ich Lokomotivführer werden. Aber in den Kabinen ist nicht genug Platz für meine großen Füße. Die sind mir bei fast jedem Beruf im Weg: Testfahrer für Rennwagen geht nicht, die sind vorne nicht hoch genug. Als Kellner bleibe ich an den Stuhl- oder Tischbeinen hängen, Fußballspieler geht nur bis Schuhgröße neunundvierzig, als Förster trete ich zu viele kleine Pflanzen kaputt und als Fahrstuhlführer kann ich niemanden mehr mitnehmen, weil ich den Platz für mich brauche. Also weiß ich nicht, was ich werden möchte. Aber ich habe noch viel

Zeit bis dahin", meinte Benjamin und nickte dabei.
Herr Bombelmann grinste: „Ich hätte da eine Idee!", sagte er, „Hast du dich einmal genau betrachtet? Du bist als Clown geboren! Du musst in den Zirkus." Benjamins Augen leuchteten. Warum war er nicht selbst darauf gekommen? „Aber ich kenne niemanden vom Zirkus", sagte er traurig.
„Ich auch nicht", meinte Herr Bombelmann, „aber wir könnten zusammen dort hin gehen." – "Oh ja, das machen wir!", rief Benjamin und sofort gingen sie los.
Sie hatten Glück, denn der Zirkusdirektor, Herr Applaus, hatte gerade Pause, als sie dort eintrafen. Bevor sie etwas sagen konnten, rief er: „Kommen sie näher, kommen sie ran! Sind die Haare echt? Die Nase? Die Füße? Sieht so aus, was? Bist wohl ein geborener Clown! Davon gibt es nicht viele. Du bist ein echter Glückspilz! Kannst bei mir anfangen, wenn du willst." Sie hatten doch noch gar nichts gesagt. Benjamin nickte und Herr Applaus, der der beste Zirkusdirektor von allen war, sagte: „Komm Junge, ich zeige dir deinen Wohnwagen!"
Herr Bombelmann, Herr Applaus und Benjamin gingen zu einem neuen, großen Wohnwagen,

der viel Platz hatte. Nichts stand auf dem Boden, so dass Benjamin nicht stolpern würde. Auf einem Regal in der Ecke waren viele verschiedene Schuhe ab Größe neunundfünfzig und größer. Der Zirkusdirektor legte Benjamin eine Hand auf die Schulter: „Bei uns drückt

dich kein Schuh mehr und stolpern wirst du bei uns auch nicht. Außer in der Manege, denn da haben wir viel hingestellt: Wassereimer, Blumenvasen, Luftballons und Gartenrechen. Das Publikum wird sich über dich freuen, du wirst mein Held!“
Schon am nächsten Tag stand in der Zeitung:

*Kommen sie in den Zirkus Halligalli.*
*Ab heute bei uns der Clown Benjamin,*
*Lachen bis zum Umfallen.*
*Bei Nichtlachen: Geld zurück.*

Von nun an waren alle Vorstellungen ausverkauft. Herr Bombelmann erhielt eine Freikarte und Benjamin wurde der Star in der Manege. Als er groß war, hatte er Schuhgröße dreiundsiebzig, seine Nase trötete nicht mehr, sie hupte und seine Haare wurden so bekannt, dass sich jeder Clown die gleiche Farbe machen ließ.

# Herr Bombelmann und die kleine Hexe

Der Mond stand in voller Größe mit unzähligen Sternen am wolkenlosen Himmel. Immer, wenn keine Wolken am Himmel waren, suchte Herr Bombelmann vom Wohnzimmerfenster aus mit seinem Mega-Teleskop-Fernrohr nach dem Mann im Mond. Ohne Wolken konnte man das am besten. Schon viermal hatte er ihn gesehen: das erste Mal war der Mann im Mond beim Staub wischen und polieren (der Mond musste immer sauber sein und glänzen), dann beim Jogging, als er eine Mondrunde nach der anderen drehte, beim Sterne zählen – er wollte schließlich wissen, ob alle da waren – und beim vierten Mal hatte er mit einem eigenen Mondmann-Fernrohr auf die Erde gesehen. Dabei hatten sich ihre Blicke in den Fernrohren getroffen.

Nur wenn Vollmond war, war der Mann im Mond dort oben. Wenn der Mond nur eine kleine Sichel war, war der Mann im Mond woanders. Sonst wäre er ja hinuntergefallen und wer weiß, wo er gelandet wäre.

Herr Bombelmann hatte mit seinem Mega-Teleskop-Fernrohr den Mond vor sich, als eine Hexe auf einem Besen entlang geritten kam. Sie hatte ein Kopftuch auf dem Kopf und dicke dunkle Strumpfhosen an. Und ein kariertes Kleid, das aussah wie eine Schürze. Sie winkte mit ihrer rechten Hand dem Mond zu. Herr Bombelmann

stellte das Mega-Teleskop-Fernrohr auf besondere Vergrößerung und Schärfe: da stand der Mann im Mond und winkte zurück. Die kleine Hexe flog noch eine Runde und verschwand im Dunkel des Nachthimmels. Herr Bombelmann konnte sein Fernrohr schwenken wie er wollte. Selbst der eingebaute Superhyperlichtstrahl fing die kleine Hexe nicht wieder ein.

Drei Wochen waren mittlerweile vergangen. Jeden Abend hatte Herr Bombelmann versucht, die kleine Hexe wieder zu sehen; immer vergebens. Doch endlich war es so weit: Sie ritt auf ihrem Besen genau in Richtung Bombelmann. Der schaltete seinen Superhyperlichtstrahl ein, damit er die Hexe besser sehen konnte. Aber von dem hellen, plötzlichen Lichtstrahl geblendet hätte sie fast einen Unfall gebaut. Sie war mit ihrem Besen ins Schleudern gekommen und musste sich gut festhalten, um nicht herunterzufallen! Zum Glück war sie mit keinem Stern zusammengestoßen. Jetzt fuchtelte sie wie wild mit den Armen in Richtung Fernrohr. Es zischte, dampfte und rauchte davor und schwupp – war das Licht aus. Die kleine Hexe war nun nur noch schwach zu erkennen, weil es dunkel war. Sie flog weiter auf Herrn Bombelmann und sein Wohnzimmer zu. Kurz vor dem Fensterbrett stoppte sie: „Junger Mann, du solltest andere Verkehrsteilnehmer im Nachtflughimmel nicht mit deinem Licht blenden, sonst kann es zu Unfällen kommen. Das willst du doch nicht, oder? Außerdem gibt das Probleme mit deiner Versicherung. Die bezahlt keinen Nachthexenblendungsunfall! Bitte schalte dein Licht jetzt aus, damit ich ihm seine Leuchtkraft wiedergeben kann!"

Herr Bombelmann war noch ganz verdutzt. Nun war er schon so alt und sah zum ersten Mal in sei-

nem Leben eine Hexe auf einem Besen vor seinem Fenster. Und er hatte immer gedacht, es gäbe keine Hexen. Viele Leute erzählten das.
Doch jetzt saß eine auf ihrem Besen vor ihm und schimpfte mit ihm. Er schaltete den Superhyperlichtstrahl, der nun ohne Leuchtkraft war, aus. Die kleine Hexe brabbelte etwas völlig Unverständliches wie: „Grzbmbl hocklha, muckefatz wieder da!“ Es zischte, dampfte und rauchte.
„Lasse bitte deinen Lichtstrahl aus, bis ich weit genug weg bin und störe mich heute nicht mehr. Darüber würde ich mich sehr freuen!“ Herr Bombelmann beeilte sich, zu sprechen: „Du bist eine richtige Hexe, die auf einem Besen reitet! Ich kenne das nur aus Büchern und von Bildern. Aber ihr Hexen seid immer als böse und schrecklich beschrieben, die Prinzessinnen oder Prinzen in Kröten verwandeln oder Kinder essen wollen! Du machst mir nicht einen solchen Eindruck!“ – „Wenn du mit den Kindern auf Hänsel und Gretel ansprichst, das war meine Großmutter, ja! Die ganze Hexenschaft lacht über sie! Lässt sich von so zwei Kindern in den Ofen stoßen. Unglaublich dumm! Mit der Kröte und dem verwandelten Prinzen hatte ich Mitleid und habe ihm jemanden geschickt, der ihn küsst, damit er vom Zauber erlöst wird.

Normalerweise sollen alle Hexen schrecklich sein, damit sich jeder fürchtet. Ich bin erst einhundertneunundneunzig Jahre und noch eine junge Hexe. Ich habe keinen Spaß an bösen Dingen, sondern mache lieber lustige Sachen, wie den Mond kleiner, so dass der Mann im Mond für

seine Stühle und Tische keinen Platz mehr hat. Aber das mache ich langsam, damit er sie wegbringen kann. Dann lasse ich den Mond wieder groß werden, damit er die Tische und Stühle wieder heranbringt. Würde ich das nicht tun, hätte er bestimmt Langeweile.

Ich darf mich dabei aber nicht von den Oberhexen erwischen lassen, sonst nehmen sie mir meinen Besen für einige Tage weg und ich bekomme Hausarrest.

Die meisten Menschen glauben übrigens nicht an Hexen, nur weil sie noch keine gesehen haben. Wenn du einen besonderen Wunsch hast, ich kann ihn dir erfüllen. Teste mich ruhig. Und schau mich nicht an wie ein Traktor!“

Herr Bombelmann war viel zu nervös, um einen Zauberwunsch zu haben: „Vielleicht, ähm, vielleicht kannst du, ähm, vielleicht zauberst du, ähm, vielleicht, ähm – mir fällt nichts ein!“ Die

kleine Hexe lachte, warf ihren Kopf in den Nacken und rief: „Dann komme ich eben morgen wieder. Aber lasse deinen Lichtstrahl aus!“, und zu ihrem Besen rief sie: „Flieg los Belzebub nach Hause, beeile dich und gönn dir keine Pause!“ und verschwand mit einem Ssssss auf ihrem Besen in der Dunkelheit.
Herr Bombelmann träumte in dieser Nacht davon, dass er den Mann im Mond besuchen durfte. Sie begrüßten sich, als würden sie sich schon sehr lange kennen. Der Mann im Mond machte Kakao, besorgte etwas Kuchen, sie aßen und tranken und anschließend spielten sie noch Mensch ärgere dich nicht. Gerade als Herr Bombelmann eine Sechs würfelte und sein letztes Männchen raus durfte, wurde er wach und merkte, dass er in seinem Bett lag. Aber jetzt wusste er, was er sich am Abend von der Hexe wünschen würde.
Endlich wurde es wieder dunkel. Im Wohnzimmer stand das Mega-Teleskop-Fernrohr und Herr Bombelmann suchte damit den Himmel nach der kleinen Hexe ab. Den Superhyperlichtstrahl ließ er natürlich aus. Nicht, dass die kleine Hexe einen Unfall baute. Aber er konnte und konnte sie nicht finden. Er schwenkte zum Mond, davon weg zu den Sternen und wieder zurück.

„Suchst du mich?“, fragte plötzlich eine Stimme neben ihm, „Ich komme heute nicht von ganz da oben, sondern von dort hinten! Und? Hast du dir einen Wunsch ausgedacht, den ich dir erfüllen soll?“

Das hatte Herr Bombelmann: „Ja, ich möchte gerne den Mann im Mond besuchen. Nimm mich bitte auf deinem Besen mit!“ Doch die kleine Hexe schüttelte ihren Kopf: „Weißt du überhaupt, wie kalt es auf dem Mond ist? Wenn du mit mir durch den Nachtwind fliegst, wirst du dich erkälten. Wenn du es unbedingt willst, okay. Aber ich habe dich gewarnt!“

Daran hatte Herr Bombelmann nicht gedacht: „Krank möchte ich nicht werden, im Bett liegen müssen mit Fieber und Husten gefällt mir nicht. Aber – könnte der Mann im Mond zu mir kommen? In meinem Wohnzimmer ist es schön warm!“

Jetzt nickte die kleine Hexe: „Bin schon unterwegs und gleich wieder da. Mache schon mal Kakao fertig. Los, Belzebub, sause schneller als der Wind, damit wir bald hier unten sind!“ Es machte Ssssss und die kleine Hexe war verschwunden.

Herr Bombelmann hatte den Kakao fertig und wollte gerade durch sein Fernrohr sehen, da waren die zwei schon da. Der Mann im Mond war ein guter Kerl. Er hatte einen großen runden Kopf, der bestimmt dreimal so groß war wie der von Herrn Bombelmann. Er lächelte über das ganze Gesicht und leuchtete dabei, als sei er der Mond selbst. Seine Nase war krumm nach vorne gebogen und er hatte eine Lücke in den Zähnen. Belzebub, der fliegende Besen, wurde in der Garage geparkt, die kleine Hexe und der Mann im Mond gingen zu Herrn Bombelmann ins Wohnzimmer, wo auf dem Tisch schon das Mensch-ärgere-Dich-nicht-Spiel aufgebaut war.

Schnell holte Herr Bombelmann noch leckere Kekse aus dem Schrank und sie setzten sich gemütlich zusammen.

„Ich habe dich schon oft gesehen. Du suchst mich immer mit deinem Mega-Teleskop-Fernrohr, wenn der Mond ganz groß ist. Du hast ein gemütliches kleines Haus und einen schönen Garten. Ich wollte dich schon lange mal besuchen, wusste aber nicht wie. Noch nie in meinem Leben war ich auf der Erde, das ist das erste Mal. Ich glaube, du hattest einen guten Wunsch", sagte der Mann im Mond und schwenkte dabei seinen großen Kopf hin und her. „Mensch ärgere dich nicht ist übrigens mein Lieblingsspiel. Auf dem Mond spiele ich es manchmal. Alleine. Denn es ist ja niemand da außer mir. Aber dafür gewinne ich jedes mal!"

Und so würfelten sie und setzten ihre Püppchen, würfelten und zogen wieder. Zwischendurch aßen sie die leckeren Kekse und tranken warmen Kakao dazu. Nach etwa anderthalb Stunden musste der Mann im Mond wieder nach Hause und flog mit der kleinen Hexe auf ihrem Besen Belzebub zurück.

Beim Mensch-ärgere-dich-nicht hat übrigens die kleine Hexe mit ihrem Zauberwürfel gewonnen. Ob das mit rechten Dingen zugegangen ist?

# Herr Bombelmann und Hubert, der Maulwurf

Es war wieder einmal Herbst. Herr Bombelmann hatte sich den Mantel angezogen, einen leichten Schal um den Hals gewickelt und war in feste Schuhe geschlüpft. Seinen lustigen Hut hatte er sowieso auf dem Kopf, weil er den ja immer trug. Er wollte ein wenig spazieren gehen. Draußen war es windstill. Für den Herbst eher ungewöhnlich.

Auf seinem Weg kam er ziemlich nah an einem Fluss vorbei. Dort standen viele Bäume, deren Blätter nicht mehr grün waren. Manche Blätter waren gelb, andere braun oder auch rot. Sie hatten zum Teil nicht mehr die Kraft, sich mit ihren dünnen Armen an den Ästen festzuhalten.

Immer, wenn sie loslassen mussten, segelten sie langsam zu Boden. Wie eine Feder.

Herrn Bombelmann machte es Spaß, den Blättern zuzusehen, wie sie so fielen. Er sah, wie sich ein Blatt nicht mehr festhalten konnte und den Ast losließ. Es tanzte in der stillen Luft noch ein paar Figuren, bevor es auf der Wiese landete.

Es lagen schon viele Blätter dort. Doch dieses eine bewegte sich auf der Wiese noch einmal. „Nanu“,

dachte Herr Bombelmann, „ein Blatt, das sich ohne Wind bewegt? Das ist ja seltsam!“ Und schon sah er, dass sich das Blatt nicht von alleine bewegt hatte. Es wurde bewegt.
Es war einem kleinen, schwarzen Maulwurf direkt auf seinen Weg gefallen. Dieser war dagegen gelaufen und hatte es zur Seite geschoben. Herr Bombelmann ging zu dem Maulwurf und sagte: „Hallo, was machst du denn am hellen Tage hier draußen? Ihr Maulwürfe seid doch meistens nur unter der Erde unterwegs! Und wenn ihr mal rauskommt, dann höchstens nachts!“
Der kleine, schwarze Maulwurf hob seinen Kopf und drehte ihn in alle Richtungen. Seine kleinen

Augen kniff er dabei zusammen und sagte: „Jaja, das stimmt schon. Aber ist denn nicht Nacht? Habe ich etwa so lange geschlafen, dass ich nicht einmal gemerkt habe, dass schon Tag ist? Und außerdem: Wo bist du, der mit mir spricht?“
Herr Bombelmann war erstaunt. Der Kleine musste ihn doch sehen. Er bückte sich direkt vor ihn und sprach mit ihm. „Ich stehe hier. Genau vor dir. Siehst du mich denn nicht?“

Der kleine, schwarze Maulwurf antwortete: „Wenn ich dich sehen würde, dann bräuchte ich nicht zu fragen, wo du bist!“

Das war natürlich richtig. Warum sollte man eine Frage stellen, deren Antwort man selbst schon wusste?

Herr Bombelmann streckte dem Maulwurf seine Hand entgegen, damit dieser ihn erschnuppern konnte. Mit seinen kleinen Pfoten, die aussahen wie Schaufeln, versuchte der Maulwurf auf die Hand zu klettern. Herr Bombelmann half ihm vorsichtig dabei.

„Wenn du so schlecht sehen kannst, warum warst du dann noch nicht bei einem Augenarzt?“ wollte Herr Bombelmann wissen. Der kleine, schwarze Maulwurf antwortete: „Warum sollte ich zu einem Augenarzt gegangen sein? Wir Maulwürfe arbeiten doch eigentlich nur unter der Erde. Da ist es sowieso dunkel. Selbst wenn ich bei Tag gut sehen könnte, das würde mir unter der Erde nichts helfen!“

Das war logisch. Die Maulwürfe halfen sich im Dunkeln mit ihren Nasen, die wie Rüssel nach vorne wuchsen und mit denen sie sehr gut riechen konnten. Und mit ihren Pfoten, mit denen sie sehr gut fühlen konnten. So konnten sie gehen, wohin sie wollten und fanden immer wieder nach Hause zurück.

Herr Bombelmann sagte nun: „Wenn du aber besser sehen könntest, dann hättest du gewusst, dass es jetzt Tag ist und nicht Nacht. Dann hättest du gesehen, wie das Blatt herunter gefallen ist und hättest zur Seite gehen können. Und du hättest mich sofort gesehen und hättest dich verstecken können. Denn ihr Maulwürfe seid doch sehr scheue Tiere, die sich nicht sehen lassen wollen."
Der kleine, schwarze Maulwurf überlegte einen Moment. Da hatte der Mann natürlich recht. Er sagte: „Wenn ich jetzt schon hier bin, könntest du mir den Weg zum Augenarzt zeigen? Oder sogar mit mir hingehen?"
Herr Bombelmann, der ein sehr guter Mann war und den Menschen, Tieren und Pflanzen half, wo er nur konnte, wollte das natürlich tun. Er steckte den kleinen, schwarzen Maulwurf in seine Manteltasche und ging mit ihm zum Augenarzt. Dort mussten die Zwei

im Wartezimmer erst noch einen Moment Platz nehmen.
Herr Bombelmann nahm den kleinen, schwarzen Maulwurf aus seiner Manteltasche, hängte den Mantel an die Garderobe und setzte sich. „Ich finde es ganz, ganz toll von dir, dass du mit mir hierher gehst. Mein Name ist Hubert. Hubert, der Maulwurf." – „Und ich bin Herr Bombelmann." So hatten sie sich erst einmal einander mit Namen vorgestellt. Nun kannten sie sich.
Herr Bombelmann erzählte, wo er wohnte, dass er keine Familie hatte, dass er sehr oft diesen Weg spazieren ging und dass es für ihn das Schönste auf der Welt war, anderen zu helfen. Hubert wiederum erzählte, dass er viele Tunnel unter der Erde grub und dass es spannend war, dort Fangen oder Verstecken mit seinen Freunden zu spielen.
Die Sprechstundenhilfe rief: „Der Nächste bitte!". Jetzt kamen sie an die Reihe. In der Praxis stand der Augenarzt mit einem weißen Kittel und erwartete schon seinen neuen Patienten. „So, dann wollen wir mal schauen, was wir machen können. Setze dich bitte da drüben auf den kleinen Stuhl und schaue genau hier hinein." Er deutete dabei auf ein Gerät, das aussah wie ein Mini-Fernseher mit Fernglas vorne dran. Dort sollte Hubert, der Maulwurf, hineinsehen.

Hubert fragte: „Was für ein Stuhl? Und wo, bitte, soll ich hineinschauen?“

Herr Bombelmann setzte seinen kleinen Maulwurf-Freund auf den noch kleineren Stuhl und drehte seinen Kopf direkt an das Gerät.

„Nun“, fragte der Augenarzt, „was siehst du jetzt?“ Aber der kleine, schwarze Maulwurf sah nichts. Der Augenarzt drehte an verschiedenen Knöpfen. „Und jetzt? Was siehst du?“ Doch Hubert sah immer noch nichts.

Da nahm der Augenarzt eine kleine, sehr dicke Brille und zwickte sie Hubert auf die Nase.

„Schau bitte noch einmal hinein. Siehst du jetzt etwas?“ Und Hubert sprudelte los: „Aber ja! Da ist ein leckerer Regenwurm. Dort ist ein Regentropfen, da ist...“
„Schon gut, schon gut“, unterbrach ihn der Augenarzt, „das ist die stärkste Brille, die es auf der Welt gibt. Das ist die einzige Möglichkeit, wie du noch etwas sehen kannst, mein kleiner Freund. Ohne diese Brille bist du fast blind. Nachts oder unter der Erde, wenn du nichts sehen musst, kannst du sie in deiner Wohnung liegen lassen. Denn wenn du gräbst, wird sie nur unnötig schmutzig. Du musst darauf achten, dass die Gläser immer sauber bleiben. Wenn diese nämlich schmutzig sind, siehst du wieder schlechter. Nur durch sauberes Glas kann man gut durchschauen.“
Hubert war glücklich, endlich sehen zu können. Sie verabschiedeten sich vom Augenarzt und gingen wieder zurück zum Fluss. Das heißt, Herr Bombelmann ging. Hubert, der Maulwurf, wurde getragen. Dorthin, wo das Blatt vom Baum gefallen war und sie sich getroffen hatten. Hubert rief: „Ist das schön hier. Die Blätter. Sind die toll bunt. Und die Bäume. Und die Wege! Das habe ich ja noch nie gesehen! Danke, Herr Bombelmann. Danke!“

Sie setzten sich auf eine Bank, um sich zu unterhalten. Hubert sagte: „Herr Bombelmann. Ich habe mich vorhin beim Augenarzt ganz viel geschämt. Als ich nämlich die Brille auf der Nase hatte und sehen konnte, da habe ich entdeckt, was ich für schmutzige Finger habe."

Herr Bombelmann lächelte: „Aber du bist doch ein Maulwurf. Und Maulwürfe haben nun einmal schmutzige Finger. Schließlich haben sie keine Schaufeln zum Graben sondern nehmen ihre Hände."

Hubert war damit aber nicht zufrieden. Denn er war ein sehr eitler Maulwurf. Jetzt, wo er sehen konnte, zumindest. Er kaufte sich noch an diesem Tag eine kleine Schaufel, eine Handwaschbürste, eine Nagelfeile, ein Päckchen Seife, eine Haarbürste für sein weiches Fell und eine Nachtlampe.

In der nächsten Nacht knipste er seine Lampe an, sang ein fröhliches Lied und begann sofort mit seiner Arbeit. Er baute sich eine Wohnung, die so schön war, wie sie kein anderer Maulwurf hatte. Seine Brille behielt er Tag und Nacht auf der Nase, auch wenn er schlief. Denn nun konnte er sogar seine Träume ganz deutlich sehen.

## Herr Bombelmann und der Schatz am Regenbogen

Bei seinem letzten Besuch in Afrika hatte Kallogo, der Medizinmann vom Stamme der Lederhosen, Herrn Bombelmann erzählt, dass am Ende eines Regenbogens immer ein Schatz zu finden war. Jeder dieser Schätze barg ein Geheimnis und war nicht in einer Truhe wie ein Piratenschatz oder ein Schatz von einer Schatzinsel. Dieser Schatz war in einem Krug. Und der Krug stand genau dort, wo der Regenbogen die Erde berührte. Das war bei jedem Regenbogen so, an jedem Ende. Wenn er, Herr Bombelmann, diesen Schatz finden wollte, so musste er unbedingt hinlaufen. Er durfte auf keinen Fall sein Fahrrad benutzen oder sein Auto. Nur wenn er lief, würde er den Schatz finden können. So hatte es Kallogo, der klügste Medizinmann von ganz Afrika, gesagt. Er hatte Herrn Bombelmann das Geheimnis des Regenbogens verraten, weil dieser ihm geholfen hatte, seinen Häuptling Cheffe zu heilen und dadurch den übrigen Stamm rettete.

Heute regnete es. Und obwohl es regnete, schien die Sonne. Herr Bombelmann sah aus seinem kleinen, bunten Haus heraus, in dem er ganz alleine wohnte. Denn für zwei Personen wäre das Haus zu klein gewesen. Und er sah ganz deutlich – einen Regenbogen. Schnell zog er sich seine Regenjacke an, seinen lustigen Hut hatte er sowieso schon auf dem Kopf sitzen, denn den trug er ja immer, nahm seinen Schirm aus dem Schirmständer und lief los zum Ende des Regenbogens, um den Schatz zu finden. Hinter dem Hügel musste der Regenbogen die Erde berühren – das sah Herr Bombelmann ganz deutlich. Er lenkte seine Schritte genau dorthin. Als er über den Hügel kam, hörte es auf zu regnen. Der Regenbogen wurde immer blasser und verschwand. Herr Bombelmann war zu langsam. Mist. Das nächste Mal würde er schneller laufen müssen.

Es dauerte sieben Wochen, bis es wieder regnete und gleichzeitig die Sonne schien. Es hatte sich ein toller Regenbogen gebildet. Er strahlte und leuchtete in den schönsten Farben. Herr Bombelmann rannte sofort los. Natürlich nicht ohne Regenjacke und Schirm. Er lief viel schneller als beim letzten Mal. Er war schon ganz geschwitzt, als er das Ende des Regenbogens ganz deutlich vor sich sehen konnte. Und direkt dort, wo der Regenbogen die Erde berührte, stand ein silberner Krug. Doch bevor Herr Bombelmann dort ankam, war die Sonne verschwunden und mit ihr der Regenbogen. Herr Bombelmann musste sich etwas einfallen lassen. Entweder er musste noch schneller laufen oder es musste länger regnen und gleichzcitig dabei die Sonne scheinen. Um auf Nummer sicher zu gehen, kaufte er sich neue Joggingschuhe, die Superrunner waren. Wieder vergingen einige

Wochen, bis es soweit war: Regen und Sonnenschein gleichzeitig. Herr Bombelmann verlor keine Zeit und lief sofort mit seinen Superrunner-Joggingschuhen los. Schnell wie der Wind

war er am Ende des Regenbogens angekommen und sah auch hier, wie Kallogo es gesagt hatte, einen Krug. Dieser Krug war voll mit Geld und Goldmünzen. Sie leuchteten und glitzerten und blitzten und blinkten. So etwas hatte Herr Bombelmann noch nie gesehen. Er nahm den Krug mit beiden Händen hoch. Dieser war sehr schwer, denn er war gefüllt bis an den Rand. So schleppte Herr Bombelmann seinen Schatz vom Regenbogen in sein kleines, buntes und gemütliches Haus. Dort entdeckte er im Krug einen kleinen Zettel, der mit einer Ecke zwischen den Goldmünzen hervorschaute, zog ihn vorsichtig heraus und begann zu lesen.

*„Ich bin der Schatz des Regenbogens.*
*Jeder Mensch kann mich nur einmal*
*im Leben finden.*
*Nur wenige Menschen tun dies,*
*weil sie mein Geheimnis nicht kennen.*
*Ich bin zwar nur ein kleiner Krug,*
*aber richtig angewendet,*
*werde ich niemals leer.*
*Wenn Du meine Reichtümer dazu benutzt,*
*anderen Menschen und Tieren*
*in Not zu helfen,*
*kannst Du für Dich so viel nehmen,*
*wie Du möchtest.*

*Nimmst Du aber zuerst für Dich,*
*werde ich schon leer sein,*
*bevor Du das erste Geld oder Gold*
*ausgegeben hast.*
*Sollte mich jemand stehlen wollen,*
*löse ich mich in Nullkommanichts auf.*
*Du musst gut auf mich aufpassen."*

Das also war das Geheimnis, von dem der Medizinmann vom Stamme der Lederhosen sprach. Das Geld und Gold auszugeben, um anderen zu helfen, das musste Herrn Bombelmann niemand sagen. Schließlich besaß er doch alles, was er brauchte und wollte. Diesen Schatz würde er nur für andere benutzen. Allerdings wollte er eines nicht tun: ständig gut auf diesen Schatz aufpassen. Dann hätte er ihn ja überall mit hinnehmen müssen. Nein, dazu war ihm der Krug viel zu schwer.

Nun überlegte Herr Bombelmann, was er Gutes mit seinem Schatz machen konnte. Er wollte ihn in ein Kinderheim bringen. Dann würden dort neue Spielsachen gekauft werden, neue Kleidung für die Kinder, vielleicht ein neuer Spielplatz gebaut und möglicherweise konnte so das ein oder andere Kind sogar zurück zu seinen Eltern. Denn manche Kinder mussten von ihren Eltern weg, weil nicht genügend Geld da war. So lud Herr Bombelmann den Krug mit dem Geld und dem Gold in sein schönes, aber altes und immer sauberes Auto und fuhr zum Kinderheim Lustighaus.

Die Betreuerin, Frau Kraftschlag, war eine kräftige Frau mit einem stechenden Blick und ganz kalten Augen. Ihre Haare hatte sie nach hinten zu einem Pferdeschwanz gebunden und man hatte den Eindruck, dass sie ein Pfund Butter darin verschmiert hatte, damit sie besser in Form blieben.

Herr Bombelmann stieg aus und ließ den Krug erst einmal im Auto zurück. Er ging ins Büro zu Frau Kraftschlag. Sie machte auf ihn den Eindruck, als wäre sie Gewichtheberin oder Kugelstoßerin oder Schwergewichtsboxerin. Mit einer ziemlich ekligen Stimme fragte sie scharf: „ Was gibt es?“ Herr Bombelmann stellte sich zunächst mit Namen vor und erzählte ihr, was ihm der Medizinmann vom Stamme der Lederhosen in Afrika verraten hatte. Dann schilderte er, dass er es erst im dritten Anlauf schaffte, einen solchen Schatz aufzunehmen und dass er diesen hier abgeben wollte.

Frau Kraftschlag flötete nun mit einer ganz süßen Stimme: „Ach ist das schön, dass jemand an unsere lieben Kleinen denkt. Wissen Sie, diese armen Racker brauchen doch so dringend neue Sachen. Da werden sie sich aber freuen. Morgen werde ich ihnen gleich leckere Schnitzel

mit Pommes machen. Zum Nachtisch wird es ein Eis geben. Das mögen sie so gerne, wissen Sie. Herr Bombelmann, wie soll ich Ihnen nur danken?“

Herr Bombelmann sagte: „Am meisten können Sie mir danken, wenn Sie den Schatz nur für die

Kinder und die Menschen einsetzen, die etwas brauchen. Dann werde ich schon glücklich sein!“ Er holte seinen Schatz in das Büro, überreichte ihn an Frau Kraftschlag und verabschiedete sich. Frau Kraftschlag winkte ihm noch so lange nach, bis er in die nächste Straße eingebogen und verschwunden war.

Sie ging zurück in ihr Zimmer, in dem der Krug stand und schloss die Türe hinter sich zu. Oben in dem Krug lag der Zettel, den Herr Bombelmann schon gelesen und wieder hingelegt hatte. Den nahm sie sich zur Hand und las ihn durch.

„Papperlapapp. Dieser Bombelmann meint wohl, er könnte mich an der Nase herumführen? Ein Krug voller Geld und Gold plötzlich weg. Paah. Dass ich nicht lache. Das gibt es doch gar nicht. Dass der mir so einen Zettel schreibt! Der meint wohl, ich sei noch ein kleines Kind, das an so etwas glaubt!“

Sie nahm den Krug und leerte ihn auf dem Tisch aus. Sie griff mit beiden

Händen hinein und rief: „Reich, endlich reich. Ich bin reich. Alles gehört mir!"
Und als sie sich das erste Gold in ihren Rockzipfel steckte, war mit einem Plopp der ganze Krug verschwunden. Das Geld und Gold, das auf dem Tisch lag, wurde zu Blättern und Laub.
Frau Kraftschlag stieß einen ganz entsetzlichen Schrei aus, so laut, dass die Fensterscheiben klirrten und wurde so zornig, dass sie auf der Stelle mit einem lauten Knall platzte.
Auch, wenn nun der Schatz des Regenbogens, den Herr Bombelmann gefunden hatte, nicht mehr da war und die Kinder keine neuen Spielsachen, keine neue Kleidung und keinen neuen Spielplatz bekamen: Sie bekamen eine neue Heimleiterin. Frau Schokoladensüß. Von nun an ging es den Kindern sehr gut im Kinderheim. Und seinen Namen Lustighaus hatte es jetzt ganz sicher verdient.

# Herr Bombelmann will Ski fahren

Die Sonne schien warm vom strahlend blauen Himmel. Die Vögel zwitscherten fröhlich ihre Lieder und die Bienen summten in den leuchtenden, bunten Blüten und sammelten Honig. Herr Bombelmann streichelte seine roten Rosenbüsche und war in Gedanken versunken.

Wie wäre es eigentlich, wenn er im nächsten Winter ins Gebirge fahren würde, um dort auf der Skipiste Spaß zu haben? Noch nie hatte Herr Bombelmann auf Skiern gestanden. Wenn er nun tatsächlich im nächsten Winter den Hang hinunterrasen wollte, so musste er vorher lernen, wie das ging.

Mitten im Sommer war das natürlich schlecht möglich, denn zum Ski fahren brauchte er Schnee. Dazu war es aber zu warm, für Schnee musste es kalt sein. Richtig kalt!

So wie am Nordpol. Hier war es immer kalt, Schnee und Eis das ganze Jahr. Aber Berge? Eisberge, okay – nur war Ski fahren dort kaum möglich. Außerdem wäre es viel zu gefährlich gewesen, schließlich gab es hier echte Eisbären. Die waren genauso weiß wie der Schnee und somit nur schlecht zu sehen. Wenn er also dort Ski fahren wollte und plötzlich mit einem Eisbären zusammenstieß! Oh je! Wegrennen bei dieser Glätte ging nicht, er würde immer ausrutschen! Laut um Hilfe rufen? Wer sollte ihn schon hören? Es würde doch sowieso keiner kommen! Menschen war es am Nordpol viel zu kalt, deshalb wohnte hier niemand – außer den Eskimos. Die aber hatten so dicke Mützen auf den Ohren, dass sie nichts hören konnten. Nein nein. Am Nordpol auf gar keinen Fall.

Er dachte nach. In der Schule hatte er gelernt, dass es auf hohen Bergen immer kalt war. Im Herbst, im Winter, im Frühjahr und sogar im Sommer. Eigentlich gab es keinen Sommer auf den hohen Bergen. Je höher der Berg war, desto kälter war es dort.

In der Schule hatte er immer gut aufgepasst und wusste deshalb jetzt so viel und war ganz schlau. Zum Beispiel wusste er, wo die höchsten Berge der Erde waren. Der Mount Everest war in einem riesengroßen Gebirge namens Himalaja in Asien. Nirgends auf der ganzen Welt gab es einen höheren und schwereren Berg.

Er war höher als die Wolken hoch sind. Sein Gipfel ragte das ganze Jahr über darüber hinaus – außer an den Tagen, an denen es keine Wolken gab.

Die Flugzeuge, die manchmal am Himmel zu sehen waren, flogen nur ganz selten über den Mount Everest, weil sie dann noch höher steigen mussten, als sie ohnehin schon flogen.
Wenn die Sonne schien und die Luft klar war, konnte man vom Gipfel fast überall hinschauen. Mit einem Fernglas sogar nach England oder Spanien oder sonst irgendwo hin. Mit einem Super-Vergrößerungsfernglas konnte es sogar passieren, dass man vorne hinein guckte und direkt vor sich seinen eigenen Rücken sah. Denn die Erde war ja rund. Wenn man immer geradeaus lief, kam man irgendwann wieder dort an, wo man her kam. Genauso war es mit dem Gucken! Wer ganz weit geradeaus schauen konnte, der würde irgendwann mit seinem Blick dort sein, wo er stand – wenn nichts dazwischen war. Wenn ein Baum dazwischen stand, konnte man nur bis zum Baum sehen. Stand dort ein Haus, sah man nur bis zum Haus. Weil aber nichts so hoch war, wie der Berg Mount Everest, konnte man tatsächlich rund um die Erde sehen. Und das Einzige, was dazwischen sein konnte, war man selbst. Deshalb sah man seinen eigenen Rücken!
Ein anderer hoher Berg war in Mexiko. Der war nicht ganz so hoch, aber er hatte einen lustigen Namen. Er hieß Popocatepetl. Und diesen Namen

konnte sich Herr Bombelmann ganz leicht merken. Popocatepetl. Das war übrigens dort, wo die Menschen riesige Hüte trugen. Nicht hohe Hüte, nein, die waren breit und rund. Wenn die Menschen in Mexiko durch eine Tür gehen wollten, mussten sie vorher den Hut vom Kopf nehmen, sonst wären sie in der Tür hängengeblieben und hätten sich eingeklemmt. So breit waren die Hüte.

Diese zwei Berge waren zwar sehr weit weg, aber sie waren hoch. Je höher, desto kälter, das hatte Herr Bombelmann gelernt. Und auf diesen Bergen war es ziemlich kalt. So kalt, dass dort immer Schnee sein konnte.

Herr Bombelmann wollte alles genau planen. Bevor er im nächsten Winter auf Skiern die Piste hinunter raste, müsste er es gelernt haben. Bevor er es lernen konnte, brauchte er erst einen passenden Ort dafür. Da die Berge Mount Everest und Popocatepetl so weit weg waren, dass er nicht mit seinem schönen, aber alten und immer sauberen Auto hinfahren konnte, wollte er dorthin fliegen. Er organisierte sich ein Propellerflugzeug mit einem Piloten. Ein Flugzeugtaxi sozusagen. Zwei Tage später um sieben Uhr morgens wollten sie starten.

Der Pilot – und Herr Bombelmann. Zuerst wollten sie nach Asien fliegen und von dort aus nach Mexiko.
Die Zeit bis zum Abflug nutzte Herr Bombelmann, um sich eine Skihose, eine Skijacke, Skihandschuhe, Skischuhe und natürlich Ski zu kaufen. Das war mitten im Sommer sehr schwierig. In den meisten Geschäften gab es jetzt nur T-Shirts und Badehosen. Statt Skianzügen gab es Taucheranzüge, statt Skibrillen Taucherbrillen mit und ohne Schnorchel, statt Skischuhen gab es Schwimmflossen.
Aber Herr Bombelmann war hartnäckig und geduldig, wenn er etwas wollte. Und so fand er ein Geschäft, in dem er alle Sachen kaufen konnte, die er brauchte. Er stopfte außer den Skiern alles in seinen Superspezialfaltkoffer und wartete auf den großen Tag.
Endlich war es soweit. Er hörte schon das Brummen des Propellermotors und bald darauf konnte er weit hinten am Himmel das Flugzeug sehen. Der Pilot winkte Herrn Bombelmann zu und landete kurz danach auf der Straße vor seinem kleinen bunten Haus.
Herr Bombelmann stellte den Koffer hinter den Pilotensitz, die Ski hinter seinen Sitz, stieg selbst ins Flugzeug und zeigte dem Piloten den angehobenen Daumen. Das bedeutete in der Pilotenspra-

che, wenn der Motor so laut war, dass man sich nicht unterhalten konnte, dass alles okay war für den Start.
Der Pilot gab mächtig Gas, wodurch die Propeller viel Wind machten. Als das Flugzeug schnell genug war, zog der Pilot den Steuerknüppel nach hinten. Das Flugzeug hob seine Nase an und stieg in die Luft. Immer höher und höher und Herr Bombelmann merkte, dass es in dieser Höhe sogar im Flugzeug kälter wurde. Auch hier galt, wie er es in der Schule gelernt hatte: je höher desto kälter. Irgendwann musste er die Heizung im Flugzeug einschalten, um nicht zu frieren.
Der Pilot hatte vor dem Abflug einen Blick in die Flugkarte geworfen, so dass er die richtige Richtung kannte. Denn hier oben sah alles gleich aus. Zumindest für Herrn Bombelmann. Aber ein Pilot war nun mal ein Pilot. Und der hatte in einer Spezialpilotenschule die Unterschiede gelernt. Er wusste immer, wo er war. Er kannte jede Wolke, jedes Luftloch und jede Luftstraße, obwohl Luftstraßen mit bloßem Auge nicht zu erkennen waren.
Nach einigen Stunden konnten sie schon den Mount Everest sehen. Der Berg war noch weit weg, aber weil er so hoch war, sah man ihn gut. Er war noch viel höher, als es sich Herr Bombelmann vorgestellt hatte.

Der Pilot zog seinen Steuerknüppel so weit zurück, wie er nur konnte. Das Flugzeug stieg nur langsam höher, weil es auch für Flugzeuge schwer war, so hoch zu fliegen. Es ächzte und krächzte und stieg Stück für Stück. Höher hätte der Berg nicht sein dürfen, die mögliche Flughöhe reichte gerade so. Sie flogen knapp über dem Gipfel.
Herr Bombelmann erschrak. Hier lag kein Schnee! Aber es war doch sehr kalt. Viel kälter als er es erwartet hatte. Der Pilot kreiste mit dem Flugzeug über dem Berg, auf dem ein Schild stand: „Vorsicht! Betreten des Gipfels nur mit Spezialthermoanzügen mit eingebauter Heizung erlaubt! Tiefkühlgefahr!"
Das hatte Herr Bombelmann nicht bedacht. Je höher, desto kälter, klar. Der Berg war superhoch, also war es superkalt! Es war so kalt, dass man sofort eingefroren wäre ohne diesen Thermoanzug mit eingebauter Heizung. Das war selbst für Schnee zu kalt. Außerdem war der Mount Everest für Schnee viel zu hoch. Der Schnee fiel ja aus den Wolken. Der Berg war aber viel höher als die Wolken! Und Schnee konnte doch nicht aus den Wolken nach oben fallen. Hier gab es niemals Regen und niemals Schnee. Deswegen lebten hier auch keine Tiere und es wuchsen hier keine Pflanzen. Kein Baum, keine Blume, nichts! Nicht einmal

eine Eisblume, die die Kälte liebte. Nichts eben. Herr Bombelmann gab dem Piloten ein Zeichen, er solle weiterfliegen nach Mexiko zum Popocatepetl. Der Steuerknüppel war noch immer bis zum Anschlag gezogen. Wäre der Mount Everest nur ein bisschen höher gewesen, der Steuerknüppel wäre verbogen.

Der Pilot nahm Kurs auf Mexiko und es dauerte wieder einige Stunden bis sie dort ankamen. Weil es mittlerweile schon dunkel war, landeten sie in der Hauptstadt von Mexiko, in Mexiko Stadt, direkt vor einem Hotel. Es war das Hotel Carlos.

Der Mann an der Rezeption stellte sich vor und lispelte dabei: „Guten Abend, mein Name ist Fernandez Hernandez Carlos Conzalez. Ich bin der Chef hier und heiße Sie herzlich willkommen! Fühlen Sie sich in unserem Zimmer wie zu Hause und schlafen Sie gut." Herr Bombelmann fragte sich, warum ein Mann, der so stark lispelte, einen Namen hatte mit so vielen „S"! Der arme Kerl. Bestimmt würde jeder über ihn lachen.

Die anderen Menschen, die in dem Hotel arbeiteten, lispelten genauso. Wahrscheinlich taten sie es, weil der Chef des Hotels lispelte. Aus Mitleid oder so.

Am nächsten Morgen ging es früh los. Der Pilot hatte sein Flugzeug aufgetankt und startete den Motor. Herr Bombelmann stieg ein und hob den Daumen. Kaum war das Flugzeug in der Luft, konnten sie schon den Popocatepetl sehen. Auch das war ein sehr hoher Berg, so wie es Herr Bom-

belmann in der Schule gelernt hatte. Er wusste, dass alles, was man in der Schule lernte, auch stimmte.
Auf dem Popocatepetl lag zwar viel Schnee und hier hätte Herr Bombelmann bestimmt gut üben können, aber überall standen Kakteen herum. Hier ein Kaktus, dort ein Kaktus, vorne ein Kaktus, hinten ein Kaktus. Wie in einem Kaktuswald war es hier. Wenn er nun einmal eine Kurve nicht fuhr, würde er bestimmt mit einem Kaktus zusammenstoßen. Und dann sah er selbst aus wie einer. Oder wie ein Stachelschwein. Überall Stacheln. Bestimmt würde das auch weh tun. Nein, das war nicht der richtige Ort zum Üben.
Herr Bombelmann gab dem Piloten wieder ein Zeichen, dieser drehte den Steuerknüppel zur Seite, das Propellerflugzeug flog eine Kurve und schon ging es wieder Richtung Poppelsdorf.
Herr Bombelmann wusste, dass er viel Geduld benötigte. Einfache Dinge konnte man schnell und überall lernen. Schwierigere Dinge brauchten Zeit und manchmal auch den richtigen Ort und den richtigen Lehrer.
Wieder zu Hause angekommen, beschloss Herr Bombelmann seine Ski in eine Skischule zu schicken. Wenn er sie schon gekauft hatte, dann konnten sie auch über den Sommer etwas lernen.

In einer Skischule lernten die Ski nicht zu lesen oder zu schreiben. Das wäre zu nichts nutze. Denn sie konnten keinen Stift halten und auch kein Buch. Sie sollten lernen, wie man Kurven fuhr, wie man bremste und wie man auf der richtigen Piste blieb. Und dass sie sich vom Fuß lösten, wenn man hinfiel. Und weil Herr Bombelmann auch erst lernen musste, fiel er bestimmt häufig hin. Das war so beim Skifahrenlernen. Und dann sollten sich die Ski vom Fuß lösen.

Da es in Poppelsdorf keine Skischule gab, informierte er sich, wo eine war. Zum Beispiel am höchsten Berg in Europa, dem Montblanc. Der Montblanc war ein ganz besonderer Berg: Das tollste an ihm war, dass er in Frankreich war und gleichzeitig in Italien. Obwohl, so toll war das vielleicht auch nicht. Denn die Franzosen sagten, der Montblanc war ihr Berg. Die Italiener aber sagten, der Monte Bianco, so hieß er in Italien, war ihr Berg. Fragte er also die Franzosen, ob er auf ihrem Berg Ski fahren durfte, waren die Italiener sauer. Fragte er die Italiener, ob er auf ihrem Berg fahren durfte, waren die Franzosen böse. Nein, das wollte er nicht.

In der Schweiz, da musste es doch auch Skischulen geben. Nur – als in der Schule etwas über die

Schweiz gelernt wurde, war Herr Bombelmann krank. Er lag mit Grippe und Fieber im Bett. Das Einzige, was er von der Schweiz kannte, war der Schweizer Käse. Den hatte er schon immer gerne gegessen. Oder zumindest die Löcher davon. Die, so fand er, waren besonders lecker. Die schnitt er sich schon früher vorsichtig aus dem Käse heraus und legte sie auf ein Brötchen oder auf eine frische Scheibe Butterbrot.

Sonst wusste er von dem Land Schweiz nichts. Naja, fast nichts. Er wusste noch, dass es dort einen lustigen Emil gab. Aber den gab es fast in jedem Land.

Einen anderen hohen Berg gab es in Italien. Der Berg Marmolada war ein Berg in den Dolomiten, einem großen Gebirge. Herr Bombelmann packte seine Ski als Paket und schickte sie nach Bellonia in Italien. Bellonia war ein kleines Dorf am Fuße

des Berges Marmolada. Dort gab es die besten Skischulen.
Zu seiner Verwunderung kam dieses Paket aber zurück. Es lag ein Brief dabei, in dem geschrieben stand:

*„Lieba Seniore Bombelmann, leida gipse keine Schul for de Schi zu lerne die Wege von die Piste. Iste Schischule for die Mänsche. Solle lerne die Mänsche zu fahre Schi. Hadde gelernte Schi, gehte fahre bessa. Wenn hamsie interessierte, komme sie zu lerne bei unsere Schule. Isse gudd, isse sspiesse! Alle Klasse! Bis balde, tschau!"*

Das war Herrn Bombelmann aber peinlich. Er hätte sich doch denken müssen, dass Ski nicht wirklich den Weg lernen konnten. Er beschloss, sich in der Skischule für den nächsten Winter anzumelden.
Endlich war Dezember. Herr Bombelmann packte alle seine Sachen, die er im Sommer gekauft und schon im Flugzeug dabei hatte, in sein schönes, aber altes und immer sauberes Auto und fuhr über die Autobahn nach Italien. Direkt hinter dem Fluss Po, der Fluss hieß wirklich so, also direkt hinter dem Fluss Po musste er nach rechts abbiegen. Von dort immer geradeaus und dann kam er irgendwann an den Berg Marmolada.

Herr Bombelmann fuhr den Berg hinauf und freute sich schon auf seinen ersten Tag in der Skischule. Der Schnee lag so hoch am Straßenrand, dass Herr Bombelmann nicht darüber sehen konnte. Noch höher als sein Auto hoch war, sogar höher als ein Bus. Es hatte sich gelohnt, so geduldig gewesen zu sein und auf den Winter gewartet zu haben.

Im Hotel wurde er freundlich begrüßt. Jeder Mensch, der immer freundlich war, wurde auch freundlich behandelt. Und Herr Bombelmann war immer freundlich.

Er ging in sein Hotelzimmer, räumte seine Sachen aus dem Koffer in den Schrank, nahm seine Ski und ging auf den Berg.

An der Skischule angekommen, stellte er sich vor und fragte, wann es läuten würde zur ersten Stunde. Bereits am nächsten Morgen sollte es losgehen. Herr Bombelmann, der seine Ski dabei hatte, wollte schon einmal die Piste hinunterfahren. Auch ohne Skischule. Er stieg in eine Gondel und fuhr den Berg hinauf.

Oben angekommen machte er sich fertig. Er zog seine Skischuhe fest, stieg in die Bindung der Ski, zog seine Skihandschuhe an und seine Skibrille auf und wollte losfahren. Ganz langsam rutschte er schon über den Schnee, als er nach unten sah. Das war steil! Herr Bombelmann versuchte anzuhalten, aber das hatte er nie gelernt! Er war ja noch nicht in der Skischule. Wie sollte er bremsen? Er rutschte immer näher an den Abhang. Seine Knie zitterten und er hatte mächtig Angst. So weit er sehen konnte, nur bergab. Ganz steil! So steil wollte er nicht einmal laufen. Und jetzt sollte er dort runterfahren? Er, der noch nie Ski gefahren war? Seine Zähne klapperten, er bibberte am ganzen Körper. Die einzige Lösung war ... Ja!

Er warf sich in den Schnee. Das war eine Super-Vollbremsung! Er hatte es geschafft! Als er in den Schnee fiel, passierten zwei Sachen. Erstens: Er fiel mit dem Gesicht in den Schnee und stellte fest, dass der Schnee zwar aussah wie überall auf der Welt, aber dass er süß schmeckte. Er leckte noch einmal. Ja, der Schnee war süß. Er schmeckte nach Marmolada – äh Marmelade. Da hatte der Berg seinen Namen her! Der Berg Marmolada hieß so, weil der Schnee dort nach Marmelade schmeckte.

Und zweitens: Wenn jemand beim Skifahren hinfiel, dann löste sich die Bindung und der Ski ging vom Fuß los. Und weil Herr Bombelmann hingefallen war, lösten sich die Ski von den Füßen und fuhren ganz alleine die steile Piste hinunter. Ganz schnell und immer schneller, bis sie Herr Bombelmann nicht mehr sah. Seine neuen Ski. Erst gekauft, noch nie gefahren und schon weg.

Ski fahren, ohne es gelernt zu haben, war sehr gefährlich, stellte Herr Bombelmann fest. Er beschloss, nie mehr etwas zu tun, ohne es vorher gelernt zu haben.

Seine Ski bekam er übrigens im Hotel zurück. Die waren schon da, als er zurückkam.

Am anderen Morgen ging er pünktlich mit dem Läuten zur ersten Stunde. Er war, wie schon früher, als Schüler sehr fleißig und lernte viel. So kam es, dass Herr Bombelmann bereits am dritten Tag alleine auf die Piste ging und einer der besten und schnellsten Skifahrer wurde, die es je gab.

# Weitere im Michael Imhof Verlag erschienene Titel von Wolfgang Lambrecht

Band 2

Band 3

Band 4

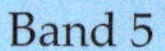
Band 5

Band 6

Band 7

Das zweite Buch aus der Reihe „Herr Bombelmann“:

## „Herr Bombelmann und seine abenteuerlichen Geschichten“

Herr Bombelmann ist ein Erfinder, der Dinge entwickelt, die nahezu jeder gerne hätte. Als ihm eine solche Erfindung jedoch gestohlen wird, muss er in der zweiten Geschichte als Detektiv nach China reisen, um dem Fall nachzugehen.
Als Ritter mit dem Bombelhut befreit er die Prinzessin Xylophonia und ihren Gemahl aus den Klauen des Raubritters Knastburg vom schwarzen Schwert, versucht einen Schneemann, der sich in einem Iglu häuslich niedergelassen hat, über den Winter hinaus zu erhalten oder holt sich auf Hawaii einen der seltenen Uau-Uau-Hunde.
Nachdem er mit List und Tücke Tiere des Waldes für seinen Heimattierpark gefangen hat, macht er schlechte – aber wichtige – Erfahrungen mit einigen Besuchern und bei der Grashüpferbande entgeht er nur knapp einer Katastrophe …

ISBN 978-3-86568-205-5

Das dritte Buch aus der Reihe „Herr Bombelmann“:

## „Herr Bombelmann auf Reisen“

Es ist zwar sehr gut möglich, zu Hause vor der eigenen Tür viele tolle Dinge zu erleben, wie es bereits im ersten Buch „Herr Bombelmann“ zu lesen ist – dennoch hat sich die Hauptfigur auf den Weg in die weite Welt gemacht, was wieder zu viel Spaß bei Lesern und Zuhörern führt.
Die Reisen bringen Herrn Bombelmann „auf die Insel“ nach England, wo er sich plötzlich im Königspalast wieder findet, nach Schottland, wo er bei seiner Wanderung im dichten Nebel auf ein geheimnisvolles Schloss trifft oder später nach dem „Ungeheuer von Loch Ness“ Ausschau hält und dabei auf einen kleinen „Ide-Adde-Ude“ trifft.
Natürlich gibt es auch in Australien und Amerika viele Abenteuer, die Spaß garantieren.

ISBN 978-3-86568-278-9

Das vierte Buch aus der Reihe „Herr Bombelmann“:

## „Herr Bombelmann und seine unglaublichen Erlebnisse“

Mit viel Witz und Humor ausgestattet entführt die Hauptfigur den Leser und Zuhörer in schier unglaubliche Erlebnisse, regt die Fantasie an und macht Lust auf mehr. Wer wäre nicht gerne dabei, wenn Herr Bombelmann als geheimer Geheimdetektiv dafür sorgt, dass in Bayern ein lange ungelöster Fall endlich aufgeklärt wird? Wer wüsste nicht gern, wie im Urwald von Afrika „der Stamm der Lederhosen“ zu seinem Namen kam oder weshalb der Häuptling „Cheffe“ für seine Leute so wichtig ist? Zehn anschauliche Geschichten, die sich durch liebevolle Themenauswahl, hohe sprachliche Qualität und hintergründige Wertevermittlung auszeichnen, machen dieses Buch zu einem absoluten „Muss“. Nicht nur Kinder, auch Erwachsene tauchen gerne in eine Welt ein, wie sie schöner nicht hätte erfunden werden können.

ISBN 978-3-86568-421-9

Das fünfte Buch aus der Reihe „Herr Bombelmann“:

## „Herr Bombelmann und der geheimnisvolle Zaubersee“

Wieder ein echter „Herr Bombelmann“! Eine grandiose Themenauswahl, spannende, lustige, unerwartete Momente und alte Bekannte wie Robin Hood, Christoph Kolumbus oder die Ritter der Tafelrunde laden zu einer fantastischen Reise ein. Wer möchte die Hauptfigur nicht gerne begleiten, wenn sie im Wilden Westen nach Gold schürft, im Neandertal ungewollt an einer Steinzeitolympiade teilnimmt, in der Wüste einigen Tuareg begegnet oder bei den alten Römern zu Gast ist? Eine Riesenüberraschung gibt es am Schluss des Buches – und selbst Herr Bombelmann kann es kaum fassen…

ISBN 978-3-86568-546-9

Das sechste Buch aus der Reihe „Herr Bombelmann“:

## „Herr Bombelmann und seine unheimlichen Begegnungen“

Wie von seiner inneren Stimme gedrängt, zieht es Herrn Bombelmann für einige Urlaubstage nach Wales – wo er weder Ruhe noch Erholung findet. Bereits bei seinem ersten Ausflug muss er aufregende Erfahrungen machen, was tags darauf bei einer geführten Höhlenwanderung sogar noch eine Steigerung erfährt: Ein Mann aus der Gruppe und der Höhlenführer selbst verschwinden spurlos, die Suche nach ihnen birgt Gefahren und Ärger. Ob sie überhaupt wieder auftauchen werden? Nicht einmal der Ausflug zum größten natürlichen See verläuft reibungslos, und dann zieht mit der Dämmerung noch dichter Nebel ins Land …
Unheimliche Begegnungen mit Nebelreitern, Kobolden, Elfen, Feen und vielem mehr erwarten Herrn Bombelmann!

ISBN 978-3-86568-648-0

Das siebte Buch aus der Reihe „Herr Bombelmann“:

## „Herr Bombelmann toll in Fahrt“

Das siebte Buch von Herrn Bombelmann sorgt für einige Überraschungen, ist gespickt mit viel Humor und Wortwitz und macht zweifelsohne Lust auf mehr. Hubert, der Maulwurf, und auch der Ide-Adde-Ude sind bei den meisten Erlebnissen mit von der Partie. Kenner wissen, dass Herr Bombelmann seinen lustigen Hut immer auf dem Kopf trägt – normalerweise jedenfalls. Doch in der ersten Geschichte ist genau jene Kopfbedeckung plötzlich spurlos verschwunden …
Nach einem ungeahnten Vorfall im kleinen Laden von Frau Lieblich muss Herr Bombelmann nach Schottland reisen, um Wiedergutmachung zu betreiben. Dort bringen die Suche nach einem versunkenen Schloss sowie einem übel riechenden, seltenen Käse und eine fallende Sternschnuppe erhebliches Durcheinander. Doch selbst nach der Rückkehr nach Poppelsdorf läuft nicht alles rund, und Herr Bombelmann fällt in ein tiefes Loch ...

ISBN 978-3-86568-942-9

## Winter- und Weihnachtsgeschichten mit Herrn Bombelmann

Dieses Buch enthält sieben liebevolle und rührende Winter- und Weihnachtsgeschichten zur erfolgreichen Buchreihe „Herr Bombelmann", die im Michael Imhof Verlag erschienen ist. Der Autor Wolfgang Lambrecht macht neugierig auf Weihnachten und zieht in Betracht, dass am Heiligabend durchaus ungewöhnliche Dinge einfach so passieren können – wenn man nur daran glaubt. Es gelingt ihm, Fantasie und Realität miteinander zu vermengen und er lädt Kinder und junggebliebene Erwachsene ein, sich in die Erlebnisse der Hauptfigur zu vertiefen und gedanklich mit ihr auf reisen zu gehen. Der Weihnachtsmann, die Bescherung, selbstgebaute Werke aus Schnee, ein seltsamer Besucher oder auch Hubert, der kleine Maulwurf, sorgen für reichlich Abwechslung. Viele farbige Illustrationen, die von Dennis Lohausen und Patrick Romanowski gezeichnet sind, runden ein zauberhaftes Buch ab und sind genau richtig für schöne, gemeinsame Momente.

ISBN 978-3-7319-0622-3

## Der verwunschene Zauberer Filuh und die mutige Taube Ocissima

Auf unserer Erde, so wird erzählt, gibt es noch heute unbekannte Gebiete, Gegenden, die niemals ein gewöhnlicher Mensch betreten oder befahren könnte. In einem dieser Gebiete – weit weg von uns, irgendwo da draußen – existierten bis vor kurzer Zeit geheimnisvolle Berge, von denen man nicht genau weiß, wie hoch sie wirklich waren. Die Täler, die sich zwischen diesen Bergen versteckten, reichten unglaublich tief hinab und die Hitze, die dort herrschte, machte jede Art von Leben unmöglich. Eingeschlossen von diesen hohen Bergen und tiefen Tälern, fast unerreichbar, lag ein verwunschenes Land – Kippihonia, ein Land ohne Zeit, ohne wärmende Sonne, aber auch ohne Dunkelheit. Alles schien trostlos und unwirklich. Und dennoch lebten hier vereinzelte Männer und Frauen. Vom schrecklichen Zauberer Wawum verschleppt, waren sie gezwungen, ein Dasein ohne Hoffnung zu fristen, bis zu dieser Geschichte, der Geschichte vom Zauberer Filuh …

ISBN 978-3-86568-706-7

## Der Holzwurm Hans

Im nahegelegenen Wald wohnt eine ganz gewöhnliche Holzwurmkolonie und – ups, eine gewöhnliche Holzwurmkolonie? Na ja, vielleicht nicht ganz ...
Auf jeden Fall erledigt sie fleißig und pflichtbewusst die Aufgabe, die ihr von der Natur aufgetragen wurde: altes Holz zu Staub zu verarbeiten und Platz zu schaffen für neue Pflanzen. Wie in jeder Kolonie gibt es auch hier feste Arbeitszeiten. Jeden Tag zur Frühstückspause, für deren Einhaltung der Vorarbeiter Friedel zuständig ist, erscheint Hans mit einiger Verspätung. Während er nämlich seiner Arbeit nachgeht, hat er sich einen Kopfhörer auf die Ohren gezwickt. Hieraus dröhnen die unterschiedlichsten Beats in sein Hirn und lassen ihn fröhlich die Hüften im Takt hin- und herschwingen. Er liebt die Musik über alles, ist nahezu verrückt danach. Allerdings kann er dadurch das Signal zur Pause nicht hören und so muss ihm Friedel von hinten auf die Schulter klopfen und ihn holen. Im Frühstücksraum angekommen, setzt sich Hans auf seinen Platz, packt einen Splitter der saftigen Zeder aus, beißt hinein – und es beginnt für die anderen die schönste Zeit des Tages: Hans erzählt von seinen Abenteuern, seinen Erlebnissen – und das, obwohl er noch nie aus der Kolonie herausgekommen ist. Doch eines Tages ...
Liebevolle Figuren in einer ausgesprochen schönen Geschichte von Abenteuer und Freundschaft hat der Autor Wolfgang Lambrecht in diesem Buch geschaffen. Perfekt ergänzt mit den großartigen, detailreichen und anspruchsvollen Illustrationen von Patrick Romanowski, ist es geeignet für alle Leser und Zuhörer von 4 bis 94 Jahren.

ISBN 978-3-7319-0770-1